中国政府出版品国际营销平台精选图书·文学书系　王昕朋 主编

雷峰塔

Leifeng Pagoda

吴祖丽　著

中国言实出版社

图书在版编目（CIP）数据

雷峰塔 / 吴祖丽著 . -- 北京：中国言实出版社，2021.8

（中国政府出版品国际营销平台精选图书 · 文学书系 / 王昕朋主编）

ISBN 978-7-5171-3831-0

Ⅰ . ①雷… Ⅱ . ①吴… Ⅲ . ①短篇小说—小说集—中国—当代 Ⅳ . ① I247.7

中国版本图书馆 CIP 数据核字（2021）第 163088 号

出 版 人 王昕朋
责任编辑 张 丽
责任校对 代青霞

出版发行 中国言实出版社
地 址：北京市朝阳区北苑路 180 号加利大厦 5 号楼 105 室
邮 编：100101
编辑部：北京市海淀区花园路 6 号院 B 座 6 层
邮 编：100088
电 话：64924853（总编室） 64924716（发行部）
网 址：www.zgyscbs.cn
E-mail：zgyscbs@263.net

经　　销 新华书店
印　　刷 北京温林源印刷有限公司
版　　次 2021 年 9 月第 1 版　　2021 年 9 月第 1 次印刷
规　　格 880 毫米 ×1230 毫米　1/32　5.875 印张
字　　数 120 千字
定　　价 58.00 元　ISBN 978-7-5171-3831-0

有风骨讲美学接通全球

——“中国政府出版品国际营销平台精选图书·文学书系”总序

王昕朋

中国言实出版社是国务院研究室主管主办的国家级出版单位，出版定位是：主要出版党和国家重大政策的研究成果以及相关的辅导读物。1995 年成立以来，我们一直坚持这一出版定位，围绕党和国家中心工作开展出版活动，因而，国内外读者很少见到由中国言实出版社出版的文学类图书。但是，近几年文学界对中国言实出版社已不陌生。这源于出版理念的一次变革。习近平总书记在文艺工作座谈会上的重要讲话指出：“一部小说，一篇散文，一首诗，一幅画，一张照片，一部电影，一部电视剧，一曲音乐，都能给外国人了解中国提供一个独特的视角，都能以各自的魅力去吸引人、感染人、打动人。”这给了我们启示、启迪，文学也是讲好中国故事、传播中国好声音的重要途径。所以，我们也用心、用功、用力打造文学板块，并将它推向世界。2018 年 8 月，由中国言实出版社出版的李春雷报告文学作品《朋友——习近平与贾大山交往纪事》获第七届鲁迅文学奖，同时入选“丝路书香”出版工程在国外出版，于是文学界发现，中国言实出版社在文学出版领域同样有不俗的表现。中国言实出版社的文学图书品种少而精，中国文学的声音在通过中国言实出版社持续传播到海外，承载着文化和文学信息的《温文尔雅》翻译成英文、日文、俄文、德文、法文、意大利文、西班牙文、葡萄牙文、阿拉伯文等多种语言向全球推介，英文版、中文繁体版荣获第十三届“输出版引进版优秀图书”奖，长篇小说《京西胭脂铺》一举登榜“中国图书世界馆藏影响力图书 20 强”。付秀莹、金仁顺、乔叶、魏微、滕肖澜、叶弥、戴来、阿袁等 8 位“当代中国最具实力女作家”的作品集同时推出，之所以在名称中冠以“中国”二字，是出于对外推介的考量，其中付秀莹、魏微、戴来等人的小说集后来入选“经典中国”项目在美国出版，产生良好反响。

近年来，中国言实出版社加快国际出版步伐，与英、美、日等多家国外出版单位建立战略合作关系，近百名当代中青年作家的作品陆续推介到美国纽约、日本东京、德国法兰克福等多个国际书展，被多个国家的图书馆收藏，图书受到国外图书界关注，连续 6 年入选中国图书世界馆藏影响力百强出版单位。2015 年经财政部批准立项，中国言实出版社建设并主办中国政府出版品国际营销平台，为推动“文化走出去”提供支持。2020 年，有感于体量庞大的中国当代文学无法快捷地被全球关注所带来的传播学遗憾，有感于年度文学选本出版周期较长，有感于众多具有潜力、实力、影响力的青年作家的作品没有很好的对外传播渠道，中国言实出版社整合资源，决定专门为中国政府出版品国际营销平台的文学板块打造出一种比年度选本出版周期短、对当代文学创作反应更为灵敏的季度文学选本。《中国当代文学选本》应运而生，书名由王蒙题写，选稿编委梁鸿鹰、李少君、王干、付秀莹、古耜皆为业内名家行家，所选作品为国内新近发表的文质兼美的力作。作为一种有公信力的季度文学选本，《中国当代文学选本》因“让国外读者快捷阅读当代中国文学精品”的窗口作用，以及“为中国作家走向世界铺筑交流合作桥梁”的桥梁作用，受到作家、汉学家、国内外读者一致好评。《中国当代文学选本》传播中国声音，讲述中国故事，产生良好社会效益。有鉴于此，中国言实出版社决定打造这套“中国政府出版品国际营销平台精选图书 · 文学书系”。

出版社并不承担培养作家的使命，但是这套“中国政府出版品国际营销平台精选图书 · 文学书系”的入选作品多是出自青年作家之手，原因在于，我们始终关注着中国当代文学最具活力与实力的鲜活部分，求取风骨与审美的统一，始终在精心遴选极具当代性的中国文学好声音，始终把推动中国当代文学与全球接通作为出版人的责任，这套“中国政府出版品国际营销平台精选图书 · 文学书系”的入选作家和作品便是如此。有风骨、讲美学，是选取这套丛书的思考维度。“有风骨”是要对民族精神有所反映，要为人民而文学，要关怀民生，帮助读者把无病呻吟、凌空蹈虚的作品以独特筛选眼光来淘汰掉；而“讲美学”是指中国言实出版社遴选书稿时看重作品的文本质量，内容和形式互为表里，是为美。美为作品飞向全世界插上翅膀，中国言实出版社人始终认为，美是全人类可通融的共同语言，有风骨、讲美学才能接通全球，成为文学精品。这些优秀作品里，都跳动着时代的脉搏，展现着当代中国日新月异的面貌，蕴含着深厚的文化自信。出版是文学生产的终端，对于中国言实出版社而言是文学传播的开始。中国言实出版社将始终秉持“好作品主义”，重视名家不薄新人，盘点、整合中国文学资源，积极开展对外译介和推广工作，自觉地将有风骨、讲美学的文学精品作为永不改变的出版追求。

2020 年 12 月

目　录
CONTENTS

雷峰塔

一

素贞搭地铁到了高铁站，取了票找到离检票口最近的长椅坐下。一切都很顺利，时钟正指向八点。候车厅里川流不息，人人表情淡漠并且心无旁骛，没有人注意她。意识到这一点，她慢慢松弛下来，原先的紧张和不适逐渐被一种新鲜的安全感所包裹。

虽然觉得不可思议，但是感觉很好，好像身体里丢失的某一部分正在慢慢回来。

她掏出梳子，解开头发重新梳了梳，低低绾了个髻。她眼前出现电饭锅里保着温的杂粮稀饭和蒸笼上的香菇松仁烧卖，餐桌上搁着的一小碟凉拌木耳，一小碟姜丝黄瓜丁。之璟趿拉着拖鞋上卫生间，睡眼惺忪地站在厨房门口问她："妈你什么时候走啊？"

"哦，弄好了就走。"她站在水槽前低头清洗小片的生菜叶，樱桃头天晚上说要吃三明治。

"路上小心。"之璟张嘴打了个哈欠。

"嗯。"她朝门努努嘴，"你去睡吧，昨天回来又一大晚。"

他点点头，趿拉着拖鞋往卧室去了。

今天是礼拜六，他们仨会睡个懒觉。而她，按计划应该吃完简单的早饭后坐上开往湖城的拼车。

一个半小时前，她打开随身的深咖色亚麻布包试图收拾行李，忽然心念一动，为什么要回家呢，不过是换个地方重复这些劳作，买菜烧煮清扫？三年零八个月，她像个两栖动物，在南京和湖城之间作一两周或三四周一次的疲劳迁徙。她为自己一刹那之间涌上心头的想法而震动，为什么不呢？

透过厨房的玻璃窗看出去，天很蓝。素贞记得，是那种不可思议的蓝，太阳从云层里落下来光，君临万物，照耀万物。小区的仙女湖边生长着一小片紫薇林，团团开满粉色紫色花朵。有人站在湖边弯腰修剪绿色的灌木和草地，阳光把湖水揉搓成一枚枚跳跃闪烁的银币。素贞收回目光，手脚不停地淘米煮稀饭洗木耳切木耳拌作料，统筹兼顾洗脸刷牙收拾家务，并且上网订了目的地为杭州的高铁票。坐在地铁上，她微信跟拼车司机退了约车。这几年在南京和湖城之间兴起了很多拼车，有私人的有客运公司的，服务周到包接包送到小区门口，她一般选择客运公司的商务车，感觉上更安全牢靠一点。

而现在的事实是，她心血来潮地逃离了原来的计划。之璟会以为她回了湖城。湖城的夏老师会以为这个周末她又因为儿子媳妇加班出差或者这样那样的原因不能回家。

她有理由相信，他们不会发现，如果她在周日下午回到南京的话。她弯了弯嘴角。怎么说呢，她喜欢这种逃离命运的想法。

二

随着人流上了车，素贞找到座位坐下。16车厢第一排靠窗的位置。她很满意，她喜欢16这个数字，也喜欢靠窗，可以看着沿途风景发些无所事事的呆。车厢的每个座椅上都是千篇一律的广告："江南忆，最忆是杭州。"浓得要洇出绿来的粗体字，写在不甚清洁的铺展在靠背中间的白色枕巾上。其下是一排排黑色小字，罗列着西湖十景，什么苏堤春晓，曲院风荷，柳浪闻莺，雷峰夕照……

难道真要跑到雷峰塔前去唱《白蛇传》？她笑了一下，慢慢闭上眼睛。一个多星期前，接到淮剧团团长电话："朱老师，你能不能回来救个场啊，我们有个全省性的淮剧会演，团里选送的两个节目已经排练了一段时间，潘老师唱《白蛇传·祭塔》选段，前天下班路上她被车剐了一下，喔哎哟，这要人命了。我们想来想去，这段大悲调只有你能唱了。”

“被车剐了，什么车，要不要紧啊？”她眼前出现那张眉毛细挑有着棕色猫眼的脸。算起来，他们一帮人一块唱戏也有头十年了，都是业余爱好者。淮剧团早就开始衰落，现在不过是名存实亡，连团长在内也就三个人上班，哪来什么专业演员，从台上唱的到台下乐队，清一色票友。

“噢，上了石膏没什么大碍，但是伤筋动骨一百天哪。朱老师啊现在就指望你了，只有一个多星期时间排练，不过以你的功底回来跟乐队合一合，很快的，救场如救火啊！”团长的声音在电话里呼哧直喘，无端有种兵荒马乱的错觉。

素贞踌躇着，到南京带樱桃这几年，就连回趟家也是匆匆忙忙，难得有机会到剧团过把瘾，遂把心也淡了。一个人在家会放着手机音乐哼上几句，祭塔这段自然是熟极而流。

“主要是这边磨不开身，儿子媳妇上班忙，孩子又小，嗳，晚上我跟他们商量商量，明天回你电话。”排练要一个星期，之后还要出去演出，搞不好还要去各地会演。

晚饭做得相当聚精会神，鸡汤炖山药撒了几粒枸杞，醋熘鱼片，香椿头炒蛋，清蒸珍珠藕丸子，盛在成套的青花瓷餐具里。水晶吊灯投下淡淡光晕，似乎是可以入画的。他们家跟许多上班族一样，晚饭是重头戏。素贞一个人的午饭，一般都是因陋就简，吃点早上剩下的，要不然就下口面条。这天之璟律师事务所里有应酬没回来吃晚饭，素贞决定跟媛媛商量。因为好几次跟之璟说什么事，最后还是拐到媛媛那里了，想想也正常的，女人理所当然应该是家庭的中心。

她把团长电话的意思说了一遍，只说大概要一个星期，她没说之后还要会演。媛媛正在给樱桃夹鱼片，她把筷子举在面前仔细端详了一小会儿。

“鱼刺？我片的时候看了又看的。”她小声说。

“噢，不是，是葱白。”媛媛抬头看了她一眼说，“妈你刚才说淮剧团那边的演出，要一个星期？”

“嗯，不知道山东奶奶能不能过来？”

“嗯，我一会儿问问我妈。”她沉吟着，眉毛紧了一下，“看看怎么办。”

素贞看着媛媛搁在餐桌上的手机，嗯了一声。

问问的结果是很晚了之璟来告诉她，山东奶奶来不了，果园里忙着下头茬苹果，雇了几个工人还跌跌爬爬忙不过来。她正倚在床头看电视上放的《动物世界》，一部关于企鹅的纪录片。

“妈，淮剧有什么唱头，一帮老头老太的。”之璟嬉皮笑脸。

“你妈也是老太了。”她觉得自己应该不高兴。

“我妈还小着呢，上回我同事还夸你年轻，说你看上去顶多四十多岁。”之璟翻了翻桌上的书，笑着说，“不就唱个《白蛇传》嘛，什么时候陪你到杭州，咱们到雷峰塔前面好好唱一出。”

“好了，你这唱的哪一出啊？”

“我说真的，咱们明年春天去。”

“唱不唱无所谓，本来就是玩的，再说也好几年没正经八百地登台了。”她想他忘了现在正是春天。

之璟看上去松了口气，搭讪着带上门出去了。

素贞木然看着电视，她其实希望之璟能坐下来，听她聊聊。不一定要聊《白蛇传》和雷峰塔，哪怕是聊聊企鹅呢。终年积雪的南极，生长着一种最古老的游禽。它们住在一座巨型环形火山的顶部……

车厢一阵嘈杂，不同口音的说话声以及拉杆箱在地面滑动的声音，素贞睁开眼睛，这么一会儿竟然眯着了。列车停下，又继续加速向前。她晃晃脑袋，好像要甩掉残留在脑袋里的很多很多围在一起不停转圈取暖的企鹅。

这几年她被失眠持续困扰，刚才那二十分钟的入睡似乎弥补了昨夜的辗转反侧。她看到旁边座位上的女孩一直戴着耳机在玩手机游戏，或者跟她一样小睡了会儿也未为可知。对面的座位上多了一男一女，女人靠窗坐着，时不时地弯腰去整理座位下面搁着的鼓鼓囊囊的帆布包，头顶一圈新冒出来的白发有些刺眼，跟怒放的白菊花似的。

男人是个肤色暗黑的胖子，跷着二郎腿，肚子都快堆到大腿上了。胖子瞄着座位底下的帆布包发问：“干吗不搁行李架上？”

女人垮着脸，絮叨着：“不能搁上头，里面装着小磨麻油，还有十斤草鸡蛋和两只老鸡，嗳，起早现杀的。”

“哎哟，走亲戚啊。”胖子抖着腿。

他们不是一起的。胖子看上去岁数不小了，眼袋跟小酒盅似的，鼻头红通通的，像刚刚被人打了一拳。

“媳妇坐月子，大的上小学还没丢开手，这个是二胎。”女人叹口气，揉揉肩膀。

“你丈夫不一块去？”

“家里还有两个老的呢。他在厂里还上着个班。”

“哦。”他大概有烟瘾，右手食指和中指很形而上学地抓挠着，到底忍不住追问一句，“多大岁数还上班？”女人看上去总有六十好几了。

“退是退休了，厂子又返聘回去问问事。”女人想了想，又说，“我们负担重，上有老下有小。”

素贞转过头看向窗外，耳边响起一个缓慢温和的男中音：雌企鹅要长途跋涉到八十公里外的海域为企鹅宝宝觅食，道路铺满积雪和冰层，覆盖着泥泞的火山灰，它们要历经重重艰险，要躲过海豹海狮的进攻，只有平安归来的妈妈才能见到自己的宝宝。妈妈们喂给小企鹅存在嗉囊里的半消化后的食物。它们要分七八次吐出来喂给自己的宝宝。

三

车窗外面，迅疾掠过绿色的树，白色的河流，白墙黛瓦的人家，以及大片大片的田野，偶尔有盛放的花朵凝固着飞翔的姿势。江南好，风景旧曾谙。上一次去杭州，还是十年前，单位组织三八节旅游，到的杭州和乌镇。十年前，素贞此刻想起来就跟上辈子一样。

“小儿子在诸暨，大儿子在广州。大儿子生的姑娘，读初中了，我在那带了七八年，那个日子真是不好过啊，住在21楼，上不着天下不着地，心里那个难受哇。”女人的声音疲倦而淡漠。

“大城市，不习惯。”胖子同情地说。

“他们上学的上学，上班的上班，我从早到晚一个人在家，连个说话的人也没有，不瞒你说，眼泪不知淌了多少。”女人的声音低了下去，“媳妇说起广州话来，我一句也听不懂。”

素贞心里紧了一下，空气有刹那的静默。她低着头，不敢看对面的女人，害怕她的眼泪溢出眼眶，进而引发于事无补的啜泣。她理解这种感觉，她的之璟，从她身上分娩出来的一块肉，一天天长大，好像也一天天离她更远。她常常不知道可以跟他谈些什么，这很可笑，她竟经常会在儿子面前觉得不知所措。她想象不出来他代理着当事人的案件，在法庭上口若悬河唇枪舌剑。有时候，她也试着理解，他在工作中把话都说完了，所以回到家就不那么想说话了。媛媛在一家外贸公司做财务，出差加班还要整天忙着考各种证，那些也许渐渐剥夺了她交谈的欲望。

她们婆媳关系应该算是不错，没有拌过嘴，没有红过脸。媛媛一直叫她妈妈，她也试着把她当女儿。后来她知道，那大概不太可能做到。樱桃出生的时候，比预产期提前了两个星期，当时情况有些不好，医生建议剖腹。家里有个亲戚在市妇幼院上班，提前打点好了一切，托的医生是全省的产科权威，自然信得过。全家人征询产妇意见，素贞记得，当时谢媛媛躺在产床上疼得满头大汗，一只手攥着床头栏杆，一只手抠着之璟的手腕，好半天憋出一句话：“我要等我妈来。”

左等右等，大家都心急如焚，亲家母拎着一口袋自家长的国光苹果赶到产房。剖到底还是剖了。山东乡下会长苹果的妇人，饶是比她朱素贞多生一个孩子，到底不能左右一个婴儿以何种方式来到这个世界。

事后，她在心里对自己叹了口气，剃头挑子不能一头热，此后自己怕是要守住婆婆的本分。

胖子显然有些饶舌，继续像法官似的下着结论：“你帮大儿子带孩子，肯定也要帮小儿子带，要不然说你一碗水没端平。现在的年轻人，咳，认为父母帮他们带孩子天经地义，以前还能说是贴点钱找个保姆，现在谈保姆色变，信不过，不保险哪。要我说，也不能个个都去喂孩子安眠药个个都是纵火犯不是。”

“是啊。”女人怕冷似的瑟缩了一下身子，“我最多服侍个月子，年纪大了浑身毛病，带不了孩子。”

“我拉过一女的，蹲在地上给孙子把尿，站起来的时候猛了，一头栽到地上，送到医院，躺几个月了，植物人一个。”胖子喝了一口水，补充说，“我开出租的。”

“哎哟，那怎么了得。”女人喃喃说。

“身体最重要，身体是革命的本钱。”胖子摇摇晃晃站了起来，艰难地甩了甩胳膊，扭了扭胯，藏蓝条纹衬衫里的肥肉随之此处无声胜有声地抖动起来。

素贞因为睡眠不好去看医生，医生让她要多运动，多自我调整，实在不行再开点帮助睡眠的药。好像就是从那个时候起，她跟着住同一幢楼的河南女人到小区的仙女湖边上学跳广场舞，每天晚饭后六点半到七点半。说湖有点夸张，其实就是个椭圆形的人工池塘。池塘边上立着座衣袂飘飘的仙女雕像，仙女湖，因之得名。雕像只可远观，因为长久的风吹日晒变得色泽惨淡布满污垢尘埃。

当然也不是每天都能跳，如果之璟和媛媛都在外面应酬或者加班上晚班的，她就得在家陪樱桃练琴。每天跳一个小时，甩甩胳膊踢踢腿扭扭胯，出一身汗，感觉人也精神了许多，虽然睡眠并没有明显的改善。

大家在一起说说话，交流每天的菜式，孙子孙女报的课外班。然后，有媳妇的谈谈媳妇，有女婿的谈谈女婿。她们是母亲，也是婆婆或丈母娘，都有一张近似的倦怠而陈旧的脸，皱纹眼袋以及因为地心引力发生的各种下垂，让她们殊途同归，不得已结为同盟。大家聚在一起像放风，这一天就这么滑了过去。

素贞是后来加入的，总是听的多说的少。好长一段时间，她每天都能听到咕咕咕的叫声，广场舞音乐响起不久，一群鸽子盘旋在仙女湖上空，像一阵黑色的雨点，一忽儿移到东，一忽儿移到西，素贞有时候简直已经听到了那些翅膀切割空气的声音。她不知道有没有人注意到那群鸽子。天空正在不断暗下来，呈现出一种从紫蓝向黑过渡的暧昧色彩。

河南女人还把素贞拉到了她们广场舞的微信群，叫“候鸟的爱”。

素贞不解地问：“候鸟的爱？”

河南女人一本正经地说：“我们有自己的家，为了孩子来到南京。候鸟一年飞两趟，我们比候鸟还累，一年迁徙多少趟？”

素贞扑哧一下笑了。微信群里三十多个人，来自五湖四海，内蒙古，海南，新疆……什么口音的都有，都是女人。群里总是那么几个活跃的，不时上传些广场舞曲，新的教学视频，得意的菜式，新学的烘焙，以及各种自拍。有时候也会发点段子，比如“带薪保姆”那段顺口溜，大家看了，就笑一笑。

河南女人俨然是广场舞的发起人之一，说话做事有当仁不让的权威和决断。素贞不久后得知，她退休前是个什么银行的一把手。她发挥特长，把广场舞这个小团体管理得像个小社会，谁负责音乐，谁负责领舞，谁负责服装。每两周要学一支新舞，信心十足准备亮相社区的国庆艺术节。她要求大家克服困难，做到不缺勤不落课。她很有煽动性地说：“不管他们什么时候回家，我反正到时候就吃饭，对不起，六点一刻我饭碗一撂就下楼，你们爱洗不洗，碗不洗能等，广场舞不能等我一个人。”

旁边有人跟素贞低语：“你别看她在外面说的这样，她儿子媳妇在家什么事都不做的，就连媳妇的内衣都是她洗。嗳，想想也不容易，以前好歹是个女干部，都是她指挥别人的。”

“家家有本难念的经。”素贞不知道说什么好。

“上个月你还记得啊她回去几天，后来说是家里有事。其实是跟媳妇吵了一架，气走的。她媳妇，嗳，听说是个不好相与的，她呢又是个说一不二的。”

河南女人曾经对素贞很器重：“你身材这么好，保养得也好，人又斯文，一点看不出年龄，你好好跳，跳好了给我到前面领舞去。”

素贞退后一步，嗫嚅地说：“领舞我可不行，我就这么跳跳，只当锻炼锻炼身体。”

河南女人没有下颌的下颌抬得很高：“你身材这么好，不想领舞？”她边说边摇头，眼睛睁得很大，素贞看见她的瞳仁里浸泡着黄昏日色下纷乱的鸽影。

素贞感到一点冷意，拣尽寒枝不肯栖的冷。

四

车速太快，一切都被夸张地拉成线性，素贞还是觉得看到了一些什么，阳光洁净而透明，一小片树荫，有人在树下坐着。田野里吹过风，吹过大朵大朵的棉絮一样的云影，依稀有只牛在低头吃草。

素贞跟河南女人经常会在菜场遇上。她素来讲究，买个菜也要穿得端庄隆重，黑地彩花织锦中袖旗袍箍在身上一匝一匝，本来身量就高，又梳个巍峨的发髻，更显得浓妆盛大。

“嗳，跑到菜场就犯晕，不知道吃什么好。”河南女人抱怨，“一家三口都挑食，你问他们想吃什么，都说随便，哎哟，满菜场哪来随便这个菜。”

有一阵子，素贞去跳得少了，三天打鱼两天晒网的。一来之璟和媛媛不是加班就是有应酬。二来她也不喜欢那种怎么说呢被控制的感觉，刚从一个单位退休，又进入另外一个小单位。没想到，后来就出了那个事。

两个穿着深蓝制服套裙的服务员笑容满面地推着小车过来，边走边亲切地吆喝，车厢里沉渣泛起，小小地活跃了起来。素贞瞄了一眼，小车上挤挤挨挨放着坚果牛肉干面包蛋糕瓜子巧克力等，切成小块装在透明餐盒里的水果。女人够着脖子向服务员询问水果的价格，听不清服务员回答三十还是四十，女人摇摇头，缩回座位上。素贞旁边的女孩睡得昏天黑地。到底年轻。

平时实在睡不着，素贞就坐在床头看看电视，看看书。她记着医生的话，“睡不着的时候，你不要着急，急也睡不着。不然，你就看看书，慢慢总会睡着的。”

有一次，她听到媛媛跟之璟的对话。

“你妈还挺爱看书的。”

“我妈一直爱看书，她图书馆上班嘛。”

“图书馆上班就爱看书啊？”

“图书馆上班怎么就不能爱看书了？”两个人嘻嘻哈哈像说

绕口令似的。

他们散步回来，以为她跳广场舞去了，她其实腰不舒服跳一半就回来躺下了。

她本来腰不舒服，这下心里也不舒服起来，为着媛媛口气里的那么一点点轻慢。其实媛媛说得没错，她的同事没几个爱看书的。工作几十年，每天埋头在故纸堆里，呼吸着经年累月的灰尘、霉味，潮气，日复一日地做着分类、登记、编目、盖章、归档、贴签、上架等杂事，接待形形色色的借阅者，借出去还回来，过手的书怕是不计其数了。谁还想看书呢。这么一想，其实还真没什么值当生气的。

素贞还是不自觉地叹了口气。

女人在对面打着盹，脑袋磕在胸前，一上一下的像在不停点头作揖求饶。胖子出去转了一圈，手里拎着硕大的满是褐色茶垢的水杯慢慢悠悠地回来了，应该是找地方过足了烟瘾。

他冲素贞咧咧嘴，“你到哪？”

“噢，杭州。”素贞愣了一下，摘下耳机，里面放的是叶素娟的《白蛇传·祭塔》。大悲调。她起先跟人学的是筱文艳的唱腔，后来喜欢叶素娟的大悲调。大悲调是在筱文艳的小悲调的基础上创作而成，从京剧和昆曲那里借了一点韵味，委婉细腻，凄清悠长，富有特色。素贞以为，大悲调的唱腔更适合表达那种压抑和悲怆。她学淮剧完全是耳濡目染，图书馆就在淮剧团隔壁，经常去看他们演出，觉得挺有意思的，平时没事的时候跟着带子哼唱几句。真正去参加排练演出倒也是后来的事了。

“我也到杭州，儿子要买房子结婚，叫我去看看，合适就定下来，老大不小的，这年头，没房子老婆都说不上。”男人絮叨着。

“哦。”素贞淡淡地说。

“你到杭州，旅游？”

“嗯。”

“江南忆，最忆是杭州。”胖子带着嘲讽的口吻念着车厢里无处不在的广告语，“杭州好是好啊，就是房价太贵，没办法，我们把家里大房子换了小房子，七凑八凑不知道够不够付个首付呢，本来准备把出租车卖了，也好歇歇了，这下子还要再干上几年呢。咳，有什么办法，做父母的。”

女人大概醒了过来，抬起山核桃般布满皱纹的脸，怔怔看着他们，“到哪了？”

“还早着呢。”男人说。

素贞戴上耳机，缓缓闭上眼睛。她没有说话的欲望。

“叫一声仕林儿打坐塔前，细听着苦命娘细表根由，隔塔门咫尺远如隔重山一样，这雷峰塔似恶魔如法海和尚……”昨天晚上的首场淮剧会演似乎很成功，素贞看到群里有人发的视频。她没有时间，他们只得另找了别人。

“现在小镇上日子好过的咪，门前屋后种点瓜啊菜的，家务事做做，饭嘛烧烧，下午打场麻将，日子不要太舒心哦。大城市，唉，真是住不惯，走到哪儿都是车都是人。”

“可不是，车也没法开。”男人说。

“孩子不好带，小的时候寸步不能离人，就怕磕着碰着。大了上学吧，要接要送。在广州接送我那孙女上学放学，一周四次上什么兴趣班，光挤那地铁，就把人坑死了，人多的哦前心贴后背……”女人睁着空洞无神的眼睛，叹了口气。

素贞倒是喜欢接送樱桃上下学。每天五点半起床，轻手轻脚准备早饭，六点四十五把樱桃叫醒，穿衣服洗脸刷牙吃早饭。正常都是七点二十五分下楼，到小区南门对过的公交站台等55路公交车。七点五十分左右把樱桃送进幼儿园大门，目睹她走进七彩城堡造型的教学楼，两三分钟后，樱桃在三楼阳台出现，冲着大门挥挥手，然后向东走进第三间教室。素贞再慢慢地到对面站台搭公交车回家，或者去菜场。

樱桃黏她，她俩隔代亲。公交车上人不多，樱桃喜欢把幼儿园里学来的故事说给奶奶听。素贞教樱桃念，豆东飞，豆东飞，一飞飞到南大边。豆东飞，豆东飞，一飞飞到北大边。豆东飞，豆东飞，一飞飞到东大边……

樱桃拍着手说，奶奶我知道了，豆东飞，豆东飞，一飞飞到西大边，是不是啊？

素贞点头笑，这还是她小时候念过的童谣，完全是不知所云。

“奶奶，什么是豆东啊？”

“豆东，我也不知道，嗯，大概是一种会飞的虫吧。”

樱桃睁着大眼睛，抬起头认真地说：“奶奶，你念错了，是

‘飞’，不是‘费’。”

素贞忙笑说：“奶奶普通话不好，樱桃念得对。”

“我妈不让我学你的话，说你蛮里硌硬的。”

素贞愣了一下，摸了摸樱桃的脸，没有说话。听得樱桃细声细气地问：“奶奶，奶奶你生气了？”

“没有，奶奶怎么会生樱桃的气呢。”

五

手机振动了一下，微信对话框里有人发来几张图片。素贞在网上看了一家民宿，就在西湖边上。名叫揽湖居。一个美丽的开满鲜花的大院子，院子里有架秋千，一口井，井边还拴了只长得很丑的雪纳瑞。主人说站在阳台可以看到西湖，雷峰塔嘛步行十分钟。交通方便，高铁站就有地铁直达。又说，揽湖居附近有个小小的广场，每天清晨会有鸽子天女散花似的飞来，游人可以去喂鸽子，并且拍照合影。

鸽子。素贞下意识地摇摇头。有好些日子跳广场舞的时候没有听到鸽子咕咕咕咕的叫声了。她也没有在意，后来才知道出了那个事。

还是扫楼道的大姐告诉她的，素贞经常把饮料瓶子各种过期杂志报纸废弃纸盒聚起来，送给这位大姐。她告诉她：“小区里有个来带孙子的女人得了抑郁症，送到青龙山去了。”

“青龙山？”

“青龙山你不知道，就是精神病院啊。听说这女的抑郁症好长时间了，去年发作的时候在老家偷偷吃掉了整盒的舒眠胶囊。”女人停了停又说，“就是那种治抑郁症的药，后来被送到医院洗胃。说是特别要强，不准家里往外说。”

“这回是怎么了？”

大姐说这回可吓人了：“平时看着好好的一个人，买菜烧饭接送小孩子，对了还跳广场舞呢，谁知道抑郁症发作起来，大半夜地跑到天台上，把鸽子从笼子里捉出来，咣当拧断脖子，呼哧就扔楼下去了。”

素贞心里咯噔一下，忙问道：“这女人谁啊，你认识？哪来的鸽子？”

“不认识，我也是听他们说的。”女人皱了皱眉毛说，“她儿子喜欢养鸽子，听说就养在楼顶的天台上，哎哟，作孽，天晓得，城里小区居然让养鸽子。说是这一阵子她儿子发现鸽子一天比一天少，不知道怎么回事。那天晚上起来上卫生间，看到他妈妈一个人上了天台，喊她也不应的，跟梦游似的，他就上去了，然后就看到了那种样子。鸽子扔下去，小区里的野猫多啊，被野猫抢去拖到灌木丛里吃了，骨头渣子都不剩的。”

素贞吃惊地掩住嘴巴，眼前掠过每天黄昏那阵黑色雨点似的鸽子，盘旋在仙女湖上空，忽而移到东，忽而移到西。她被一种不祥的预感攥紧。

“怎么有这种事情，太可怕了。”

“这都是命。”大姐拄着拖把总结说。

这个消息很快得到证实。被送去青龙山的，竟然就是河南女人。

素贞没有再去跳广场舞。偶尔黄昏时下楼散步，也会绕开仙女湖。她不知道见到她们，能说些什么。好几次她点开微信群，看着河南女人的头像，一小片山坡，开得血一样红的枫叶，阳光正在从枫叶后面照射过来，辉煌壮美，有种一切尽在把握的气度。

她试着跟儿子聊起这个事，他反应很平淡，似乎她说了一个每天层出不穷从手机上冒出来的标题新闻。他有点不相信，“鸽子，就在我们这幢楼的天台上，可能吗？”

她没再说什么，她不能指望他们跟她有同样的感受。第二天，她接到了淮剧团团长的电话，他们邀请她回去参加排练和会演。她觉得这是个机会，暂时离开某种紧张和束缚。事实上是，她没有能够参加。

于是现在，她一个人坐在开往杭州的高铁上。窗外阳光明媚，暮春的气息汹涌而至。

第三人称

18:00

陈生去外间招呼一个熟客，苏璟百无聊赖地看着镜子里的自己，玫瑰紫的干发巾束在头顶，露出脖颈细腻修长的曲线。正在这时，城市广场的大钟嗡嗡响了六下，苏璟注意到黄昏的光线透过落地玻璃窗折射进来，镜子里的人被笼罩在一圈奇异的淡金光芒里。

苏璟不动声色地盯着镜子，镜子里还收着一些别的，老式铸铁理发椅笨拙的靠背，一个水母似的拖着若干天线的烫发机，浅粉蔷薇图案的墙纸，以及墙上嵌入式的陈列架，明亮地展示着各种洗发水护发素烫发剂焗油膏弹力素啫喱水，更深处是一条巷子。巷子叫莲花巷。十年前，苏璟到这个城市的第一天，报到的图书馆就在莲花巷最南端。也是黄昏，她慢慢地走在巷子里，梧桐浓荫合抱，路两侧开着各色月季，爬山虎沿红砖围墙缓慢绵延，蝉声阵阵，令人昏昏欲睡。苏璟看到落地玻璃窗里的老式铸铁理发椅，她住了脚，目光变得饶有兴致起来。看上去这是一间相当不错的理发店，门脸迎街，背面正对莲花巷，阔大的落地玻璃窗纤尘不染，室内以灰白为主调的欧式装饰，越发衬得这张老椅子像件货真价实的古董。

苏璟被这件古董拽进了理发店，笨重的圆形底盘，用以调节角度的转动轮，老实体贴的脚踏板，坐垫大约是后来换的。除了扶手有一两处油漆剥落，其余都堪称保存完好。老的东西有灵魂。事实一再证明，这是一张有魔力的理发椅。苏璟第一次坐上去，就做出了令她自己都觉得诡异的决定，她剪掉留了许多年的及腰长发，镜子里很快出现一张陌生的短发面孔，眼泪就在这时毫无防备地涌出眼眶，双手被拘在尼龙单子里，很费劲地抽出来，却又把发茬子揉进眼里，更多的眼泪珠子吧嗒吧嗒掉出来。陈生对镜子里的人瞄了一眼，并没有多少惊诧，淡淡地说了一句:“多大个事啊。”

苏璟破泣而笑，一个理发师说起话来倒像个哲学家，像是安慰她剪去的长发还会再长，又像意指剪发背后的缘由，一切都不算什么。

真是多大个事啊，光阴倏忽而去，摧毁了很多东西也催生了很多东西。老椅子倒是一点没变，理发店装修了三次，淘汰了许多旧的，添进来许多新的，只有它像个老祖宗似的，永远被供奉在那里。镜子里的人不自觉叹了口气，十年前，她把自己连根拔起，从一个城市移居到另一个城市，就是抱了与过去诀别的打算。大多数时候，她确定做到了，除了履历表上婚姻状况栏的“离异”二字，她整个人已经重启如新。

只有那么一两次程序被不明病毒入侵，准确地说，她在梦中被瓦解，成了一只无处可逃惶惶如丧家之犬般的母兽。是的，正如你所想，不是春梦，三十出头的女人做个春梦应该是可喜可贺的。她的梦很奇特，交替出现一张诊断书和一张扭曲的脸，诊断书上写着冰冷的几个字：小儿痉挛型脑瘫。扭曲的脸像上帝一样浮在天花板上，喋喋不休地骂她冷血动物，蛇蝎心肠，自私自利，淫荡污秽，骂她不配做妻子更不配做母亲……各种语词滔滔不绝如江河湖海倾泻而下，掀起狂风巨浪，直至把她淹没。她彻底葬身语词汇成的汪洋。

幸好，她醒了过来。醒来之后，她当机立断调动所有智慧把病毒清得一干二净，连同内心深藏的秘密。果真，那个梦再也没有搅扰过她。

外面似乎又多了几个人，嘈杂声嗡嗡的，蝉鸣又此起彼伏地来应和，耳朵反而静下来。苏璟每次来弄头发都径直走进里间，登上这张老椅子。之所以说登，实在因为这种老式铸铁理发椅底盘太高，坐上去的人颇有几分登基的威武豪迈。外间是个大厅，半月形的收银台傲然闪着冷光，对面是一组烟灰色皮沙发，往里依次是两排相对的六个座位，都是最时尚的美发椅，然后是一溜排几张洗发床。有人开了电视机，听上去在重播昨晚的一场体育赛事，两个女人在交流穿衣心得，忽然刻意压低了，不知怎么反倒突兀出来，暗示着接下来内容的不同寻常。一个尖细女声说："哎呀，真是抠得要命，不知道怎么想的。"另一个略微沙哑地应道："就不错了，又喜欢打牌，又没个品，一赢钱就要跑，一输钱就甩脸子。"

声音尖细的那位鼻子里哼了一声，冷笑说："精有什么用，老公的钱还不是给别的女人花。"

另一位显然很感兴趣，任何一个女人谈起别人的八卦总不免涌起初恋般的热情。苏璟几乎可以想象她扑了过去，"什么别的女人？真的？"

"这还有假，那天她前脚到我店里买衣服，后脚她老公带个小女人就来了，我真是骇死了，差点撞破。她可怜买件衣服连几块钱零头都要跟我还半天，那个小女人手一挥，拎了七八件，全是她老公付的账。"

"哎呀，真有这样的事，看不出来哦。"

"据说他买了套房子养着那女人，跟他家同一个小区。嗳，嗳，说是来来去去的方便，现在的小老板都这个德行。"尖细女声大约觉出不妥，略顿了顿，虚弱地笑着补了一句，"你家王总不是这样的人。"

沙哑的女声迟疑了一下，呵呵笑了。

苏璟对着镜子，无声地弯了弯嘴角。

镜子里多了一个人，陈生抱歉地低语：“嗳，外面的，一定要我调色才放心。”调色是染发的关键，陈生的王者风范就是体现在他对这些关键环节的把握上。只有他能根据顾客的头发基色和发质状况，调配出最恰当的颜色。只见他在黑色的调色盘里涂涂抹抹，一会儿挤点膏状物，一会儿滴点液体，简直像个油画大师。其实比油画颜料复杂多了，光棕色，就分出自然棕、浅棕、亚麻棕、红褐棕、红铜棕、紫红棕、灰褐棕、暖棕、巧克力棕、浅金棕、深金棕、深棕、浓郁棕，等等。其中的奥妙，大约只能意会，不可言传。

苏璟看着镜子里的人，他的外形就是一个通常意义上的理发师，中等个头，肤色白净，发型都是那样，四周推平了，顶上留一些，倒也看着精神。由于整日跟女人打交道，人也显得有些女气，微微带点洁癖。任何时候都是衣着考究到经得起推敲。苏璟早就注意到，他总是穿同一个牌子的价格不菲的牛仔裤。从前是容长脸，现在圆了，变成一张娃娃脸，特别不见老似的。人也不知不觉胖了一些，体重总是每年增一点，似乎不觉得吃惊，细细推敲起来到底是胖了许多。男人稍许胖一点，倒也不是坏事，显得稳重，有底气。谁说不是呢，陈生十五岁学徒，因为悟性好，十七八岁就满师独立开店了。老话说得好，实践出真知，这些年下来，他不慌不忙，成熟笃定，又深谙察言观色之道，熟知长袖善舞之妙，毋庸置疑他早已做了自己世界的王。

只见他像个魔术师似的，哗地抖开黑色的尼龙单子，利落地围好，封紧脖子那儿的暗扣，又摘了苏璟头顶的玫瑰紫干发巾，手里瞬间已多了只电吹风，三下五除二，海藻一样漆黑的头发泻了下来。他俯下身子，两根细白的食指和中指挑起几缕发丝，凝视着镜子里的女人，亲昵地问："修到这里？"苏璟被施了魔法，温柔地点点头。他的指尖向下划过她的下颌，引发一点点细不可测的震颤。一层鸡皮疙瘩密密麻麻地，沿下颌那里，顺着颈部、胸一直爬到脚趾。苏璟激灵灵打了个寒战。冷气打得太足，外面的燠热显得尤其虚幻。

18:30

苏璟从镜子里看到，陈生从小七手里接过细长发剪，小手指勾着滴溜溜转了几个圈，一阵银光闪烁，定睛再看时，银色发剪已勾在拇指食指之间，颇有几分孩子气的炫技。他不用梳子，五指并拢划拉过她的长发，一脸喜色地赞叹，多好的头发。好像苏璟头发长得茂密润泽，多半也是拜他所赐。

苏璟没有作声，抿嘴笑笑。第一次剪短发，是为了与过去告别。她向来是个拿得起放得下的人，很快就把头发留长。出入理发店，不过是拉直了烫，烫了再拉直，自己跟自己折腾。她有引以为自豪的长发，经常有陌生人表扬，嗳，这女的，头发真好。特别适合烫成卷发，顺着肩头波浪般微微起伏，又泼洒而下，发梢缠绕着一圈圈的黑色性感。苏璟甚至异想天开，即使跟德拉相比，她的头发也应该毫不逊色。成年之后，她再也没看过欧·亨利的小说，他惯于制造一个鸡汤式的结局。现实是，永远不会有一个男子会卖了祖传的金表，为苏璟女士换回全套精美发梳的。她对自己冷笑了一声，镜子里的头发还是半年前烫的，隔一两个星期来做一次，只剩发梢还微卷着。她挑了生日这天来做头发，实在是因为没事可做又无处可去。她转念想，待会儿要不要告诉陈生今天是她生日？这个念头一起，她就在心里把自己狠狠嘲笑了一通，三十多岁的女人果然在往下坡路走，无聊到打算去调戏一个理发师。

外面起了争执，细听还是起先的两个女声，原来洗完头发，两人争着在付账。收银台的小姑娘笑着做工作："我看这样，我刷她的卡，下次你再请她客好了。"显然意见不被采纳，又叽叽咕咕说了一阵。末了，还是各付了各的。

苏璟征询地看着镜子里的陈生，后者正用左手的食指和中指飞快地夹起一绺头发，银色发剪穿梭飞舞寒光闪闪。他会意地笑笑："年轻些的那个，嗳，就是声音尖的，开了几间女装店的，生意做得很来事的。"

他示意小七把移门拉上，很有八卦精神地告诉她："她的发家史说起来是一部书，十几岁到广州做保姆，没过几年摇身一变有钱人，回来又置别墅又置门面房。"

"什么保姆这么赚钱？"

"保姆？"陈生冷哼一声，"谁还不是心知肚明，关键人家服侍的都是大人物，教授，画家，老总，据说还有外国人。"

“倒也有些‘本事’。”苏璟沉吟着说。

陈生顿了顿，很有深意地说：“都说她那个方面才叫有本事。”这句话充满丰富的外延，足够令人想入非非。

她感到一阵脸红心跳，像是被他窥见了内心蓬勃的欲望。要命的是，他围着她缓缓转动，他的大腿抵着了她的膝盖，刹那间，有一股雄性的力量透过薄如蝉翼的尼龙围单炙烤着她。他们肌肤相接声息相闻，形势十分危险。他又迫使她低着头，换个角度看，她正好倚在他怀里，目光抚摸着他的腹部。她耳朵发热地注意到，他性感的腹肌在黑色紧身T恤下面若隐若现，他热衷健身，是本地单车俱乐部的资深队员……

她正在胡思乱想，他换了个话题，缓缓移步到她的左侧，大腿终于放过了她的膝盖。她松了口气，迅速换了个端淑的坐姿。

苏璟每次来理发店，都能碰到令她浮想联翩的素材。除了图书馆管理员身份，苏璟还是个作家，你也可以称她为情感专栏作家。她每个月为几个报纸杂志写些痴男怨女的文字，赚点碎银子花花。陈生第一次在店里订阅的晚报上看到苏璟的小说，表现得很像一个粉丝，一脸崇拜地说，没想到你还是个大作家。

苏璟不动声色，内心却十分羞赧，她惯常在人群中隐藏自己，更加觉得作家是个面目模糊莫衷一是的概念，并无任何可炫耀可讨论之处。陈生不以为意，毫不掩饰他的钦佩，偶尔发现熟悉的人和事改头换面，张冠李戴地出现在她的小说里，他甚至有了心领神会、默契于心的快慰。

他对她确实有些另眼相看，连上卷发棒、滴药水之类的小事也亲自上阵。苏璟也不跟他客气，如果他忙着，她情愿等，小七这样的学徒工总是笨手笨脚地把药水蹭到头皮上。基于以上种种原因，苏璟从来没有光顾过这个城市的其他任何一家理发店美发沙龙发型室。即使搬过家，单位也换了新址，她也愿意不厌其烦地开车穿越大半个城市来做个头发。

她也会跟他聊些自己的事，她说今天碰到一个奇葩读者，在办理借阅手续的时候，忽然不怀好意地冒出一句："哎，我说你还会笑啊？怎么整天弄得跟个修女似的？"

陈生笑得肩膀乱颤："你怎么说的？"

"我什么话也没说。"

陈生觉得这个人胆子真不小，他看过苏璟在单位的样子，穿着深藏青的过膝工作服，头发别成一个老气横秋的发髻，眼睛里闪着拒人千里之外的寒光，表情像受难者，完全一副凛然不可侵犯的架势。

"我在单位有时候一天也说不上几句话，怎么一坐上这个椅子就变成话痨了，莫不是被你施了法？"

"这椅子是我过世的爷爷留下来的，要施法也是他老人家施法。"陈生嘁的一声。

"我看有可能。"苏璟一本正经地说。

大厅里一个男人粗喉咙大嗓子地嚷嚷："这剪的什么头发，把你们老板叫来。"

“是个生客。”陈生对着镜子耸耸肩，放下卷发棒，施施然推门出去。

“多大个事啊，老板。”陈生扬声笑说。

“多大个事？你看看，剪的什么平顶？”粗嗓门怒火未消。

“没问题啊，这平顶，哪有问题？”

“有这么短的平顶吗？”男子悻悻地问。

“短一点，别人可能 hold 不住，咱头型好，再短咱也不怕。”

男子微弱地哼了一声，好像已经屈服了。陈生又柔声说：“再说了，头发不像花草树苗，不浇水不施肥它也会长的。”

苏璟忍俊不禁，扑哧笑出声来。窗外天色渐渐暗了下来，一个小学生模样的男孩子趴在墙上不知道在看什么，巷子那边有个奶奶站在门口，焦急地一迭声唤着，咪咪，咪咪……背后的院子里有棵冠盖美丽的大树，看着很像是枇杷。这条巷子两边住的都是些老干部老领导，所以这个城市东拆西拆，一直没有拆得动莲花巷，陈生的理发店也侥幸得以屹然不动。

一只花猫轻盈地从枇杷树跃上围墙，又哧溜滑了下来，奶奶喜出望外地俯身呵斥，找了你半天，整天东一浪西一浪的。

一人一猫进了院子，深色铁门咔嗒合上，门上是一幅栉风沐雨褪成淡粉的对子：花开富贵，竹报平安。

苏璟怅然收回目光，俯在墙上的小学生手里多了一支水笔，苏璟凝神去看，他正在认认真真、一笔一画地在瓷砖上写字，那样子简直有如在黑板上当堂板书，神圣庄严，必须要讨个满堂喝彩。四个黑体字一个感叹号：我操你妈！写完了，又退后两步，仔细端详着自己的作品，这才满意地转身走了。苏璟伸着头找了半天，也没在周围找到那个你。

19:00

顶着满头发卷，耳朵上戴着半透明的耳套子，脖子上卡着怪异的黑色肩托，又不敢乱动，生怕药水滴到皮肤上，自己看镜子里的女人，端坐在神秘的老椅子上，肃穆得活像垂帘听政的太后。

小七没头没脑地塞给苏璟一只“Coffee Tree”的纸袋子。

“什么？”苏璟问。

小七面无表情地表示不过是执行了师傅的指令。

苏璟疑惑地打开纸袋，里面是一杯拿铁，一盒包装精美的巧克力慕斯。离这不远的十字路口，有好几家咖啡馆，苏璟习惯到“Coffee Tree”喝杯咖啡，并且只是拿铁。

“谢谢你啊，小七。”

小七像是没听到，头也不抬地坐在墙角的椅子上划拉手机。

苏璟搅碎咖啡上好看的心形奶泡，喝了一口，悄悄打量着小七。这个二十出头的姑娘，有呼之欲出的年轻和鲜嫩，正是穿什么都好看的年龄。不知道为什么，苏璟偶尔会接收到小七对她含意不明的敌意，她希望是个错觉。作家喜欢依赖第六感，可是有时候，最靠不住的也是这种所谓的第六感。

陈生不知道什么时候进来的，拆了一只发卷，仔细检查抚摸着那一缕黑色的浪花，不动声色地说："差不多了，再过个七八分钟可以洗了。"眯着细长的眼睛，神情里带点严肃，这会儿，倒又像个审慎笃定而又胸有丘壑的考证者。

"谢谢你的咖啡和慕斯。"她扬起脸看他。

"生日快乐啊。"

苏璟诧异地看着镜子，他低着头摆弄她的头发，嘴巴扯出一个弧形。

"你怎么知道？"

"只要我想知道，没有不知道的。"陈生抬起头，右手搭在她肩上，微微压了压，低声说，"如果你没有其他安排，一会儿请你电影啊？"

苏璟被催眠似的对着镜子点点头。他出去了，她犹自觉得肩膀那儿微微发烫，跟疯了似的，她暗暗骂自己。他是怎么知道她的生日的，又为什么要请她看电影，仅仅因为是个熟客？放到哪里，这都是个说不过去的理由。那么唯一的可能是，他看上她了。她觉得额角那里冒出细密的汗珠，他在黑暗里吻上来怎么办，他要去开房间怎么办，或者他带她回到这里，楼上有个休息室，她知道的。跟一个理发师上床，这个念头太邪恶了。可是她又忍不住去想，想他的手指，灵活，柔软，细长。它们触碰过她的脸颊，她的耳垂，她的肩，以及她的每一根头发。她不能想象今晚它们会怎样。

苏璟抬头看了一眼镜子，脸红得可疑，肩膀那儿有些异样，跟中了铁砂掌似的。真是疯了，疯了。

这些年，她的生活出现过一些男人。如果没有记错的话，她曾经带过他们中的一两个来过理发店。他大约总能看出来的。

第一个曾是她的大学教授。早在她读大学时，他们就有过亲密关系。还不止，他是她的人生导师，说直接点就是性启蒙导师。他对她难免余情未了，于是在她生活陷入困境之时，作为一个华丽转身颇富成就的文化官员，他自然有责任救她于水火。他调动食指拨出一串数字，轻而易举地把她从一个城市调到了另外一个城市。自然而然地，他们重续了旧情。他经常忙里偷闲，从四面八方的会场赶过来，争分夺秒地跟她约会，奢侈地在她的单身公寓里共度美丽周末。两年多，他极有耐心不屈不挠地用身体语言，携带她克服了迁徙期的水土不服。然后，没有任何告别仪式地退出了她的生活。偶尔，他会一闪而过地出现在他的城市新闻里，对她展露矜持礼貌而又亲民的微笑。每当这个时候，苏璟总是坐在沙发上，面无表情地轻触遥控器。

另一个，是个孩子气的诗人，比苏璟小很多。在一次自发的户外徒步爬山中，他们被分在一个小组。他经验丰富，被要求照顾她。最后一晚聚餐时，她喝多了，他送她回房间，尽责地留下来照顾她。诗人情感丰富，写了很多热烈的诗给她。她对他的诗没有兴趣，但她不反感他的身体。没想到，诗人认了真。他辞掉工作来找她，说是爱她。那段日子有些美好，她也以为自己很美好。他送花，送戒指，甚至提出要送她婚姻，苏璟这才怕了。她是再也不想要婚姻的。

还有一些更为短暂的相遇，就不值一提了。截至目前，距离上一次情感，勉强称之为情感吧，已经有了一段不小的空白和沉寂。以至于，夜深人静的时候，她经常能感觉到身体深处那些不为人知的活跃澎湃，像幼犬似的，一遍一遍伸出牙齿咬噬着她。她主宰得了灵魂，却左右不了身体，每每此时，她对自己徒生怨怼和愤慨。

苏璟微笑着，打开巧克力慕斯的包装盒，正中竖着块深褐色小牌子，上面果然写着细细的奶油色的四个字：生日快乐。她笑笑，伸手轻轻拈起牌子，放在舌尖上，慢慢融化了。

窗外的街灯已经亮了，一盏一盏地藏在梧桐树叶里，只看得见光像雨丝似的透下来。街灯下面围着一圈蜢虫子，青灰色的，像树叶子起了烟。玻璃窗像个巨大的取景框，一些人进来，一些人出去了。吃过晚饭的人都出来散步了，取景框里晃来晃去的，大多是些表情漠然的中年人。

一张孩子的脸贴着玻璃，仰着脸觑着眼望着她笑，一个丑陋的笑。这么近，苏璟吓了一跳。脸缩了回去，又退了几步，苏璟看清是个十来岁的男孩子，不是先前那个，比那个大一些。白色圆领衫，黑色短裤，趿拉着一双拖鞋，脸却十分老相。冷不防地，他拍起手来，一边拍一边有节奏地晃着脑袋，嘴里大声咕噜着什么，翻着比例过多的眼白，脸上浮着一层愉悦而诡异的笑容。

苏璟慢慢从椅子上站起来，隔着玻璃看那上了发条般的孩子。她想起小时候玩过的那种碧绿的铁皮青蛙，发条一拧，就不停地蹦。

“傻子有什么好看的。”小七奇怪地瞄了她一眼，冷冷地说。

是的，傻子有什么好看的，一颗罪恶的精子和一颗罪恶的卵子，孕育出的一个不正常的胚胎。最坏的可能是，不能站立，不会说话，连眼神都不能聚焦。苏璟记得那种恐怖，她恐怖得要死，面对这样一堆无序排列的细胞。她才二十七岁，尚无向生活投降和殉道的打算。还是他说得对，她不配做妻子，更不配做母亲。

19：30

满头发卷拆了，躺下来洗头，烘干。上发卷，滴定型药水。还要顶着满头发卷，耳朵上戴着半透明的耳套子，脖子上卡着怪异的黑色肩托，枯坐十五到二十分钟。接下来就快了，拆了发卷洗头，吹干造型，定型，方才大功告成。

“每次弄个头发，太费事了。”她忍不住跟他抱怨。

“快了，快了。”他柔声安慰她，同时飞快地扫了镜子里的她一眼，问道，“最近在写什么啊？”

除了陈生，很少有人会跟她谈这个。在图书馆，她是那种冷漠神秘而难以接近的女人，终日冷若冰霜，冷眉冷眼，喜欢穿黑色灰色白色，修女似的。除了工作关系，跟同事尽量不发生任何交集。想来可笑，她在这个城市游弋了这么多年，彼此熟悉的居然是一个理发师。

好在陈生是个与众不同的理发师，怎么说呢，他有点文学爱好的，或者也算不上爱好，因为书读得少，跟书和字相关的东西，大概都让他觉得有一点仰望。他一期不落地拜读晚报副刊以及情感专栏，能准确地说出苏老师这周写的新小说。有一次，她来做头发，店里没人，他一个人窝在沙发上，居然相当沉醉地在看一本高冷的纯文学杂志，被她撞见，他竟有些羞赧，喃喃地解释，不知道哪个客人丢下的。

苏璟笑笑，压抑着涌上来的一个叫作惊奇的语词。有什么不能理解的，文学本来就是离生活最近的一种东西，吃喝拉撒睡，油盐酱醋茶，七情六欲，一样不少。再后来，他居然跟她讨论起写作手法。他说她的小说里怎么都是“我”？

“我？噢，你是说第一人称？”苏璟觉得陈生有点意思，“怎么说呢，我习惯了，我的读者也习惯了，好像他们每天读到的都是我的真实故事似的，他们会有满足感，学院派们喜欢称之为代入感。”

“那种第三者的角度，你写的，我更喜欢。”

“那是第三人称，咦，陈生你挺有想法的啊。”

“我小时候挺喜欢作文的，不怕你好笑，初三那年父亲生病，我就没再上学，跟了师傅学徒。”陈生对着镜子说。

苏璟怎么会笑他，她自己在某著名大学学了四年图书管理，跟文学八竿子打不着。每天埋头在故纸堆里，呼吸着经年累月的灰尘、霉味、潮气，还要跟书蠹、蟑螂和白蚁斗智斗勇。日复一日地做着分类、登记、编目、盖章、归档、贴签、上架等杂事，接待形形色色的借阅者。有个秃顶的中年男人，每次站在苏璟前面，喜欢目光炯炯地盯着她吩咐，给我找几本好玩的书，他要的好玩的书就是特指那种带色情内容的。一个整天弄得邋里邋遢的老头，只对古玩和盗墓方面的书感兴趣，以至于苏璟每次都冰冷地想到，他极有可能是刚从坟墓里爬出来的。

人生最美好的时光正在缓缓变成过去时，心里像油煎一样热辣辣地疼起来，旋即又慢慢潮涌似的冷却。作为一个光荣的单身女人，她早就练成了强大的自愈本能。

苏璟不自觉地叹了口气。

“怎么了？”

“嗯，没什么，每次坐在这里，不是谵语妄言，就是胡思乱想的。”

陈生两只手都戴着手套，在她头上忙碌着上定型药水。苏璟想起有一回小七一脸崇拜地问他：“师傅，你这是什么手法，像有轻功似的，在头发上凌波微步，一滴药水都不沾头皮的。”陈生笑说：“我这练的是葵花宝典。”

他的手停了一下，像是有话要说，还没开口，一个女人推门进来。苏璟低着头，先是看到一双约莫八九公分的锥子似的鞋跟，脚踝纤细不盈一握，向上是一袭玫瑰紫丝质长裙。苏璟木偶似的艰难抬起头，眼前的女人高挑美艳，杏仁脸尖下巴，长睫毛后面的内容扑朔迷离。苏璟强迫症似的开始估算她的年龄，三十到四十？三十五到四十五？玫瑰紫的唇膏拽不住地心引力的作用，她的唇角弯出一个向下的弧度。还有，重要的是，苏璟从她身上嗅出某种危险气息。

“小陈，还有空做个头发啊，我赶时间。”不知道是天生的沙哑，还是烟抽多了。

“乔总，外面还有两个人，你要着急，不如明天来？”陈生笑着说。

苏璟欣赏陈生任何时候都能宠辱不惊，不形于色。女人居然和颜悦色地接受了陈生的建议，卷起一阵香风，飘然转身。在外面吹牛聊天的一个光头很熟络地站起来，跟女人头碰头说笑着一同出去了。

“这个乔总，她多大啊？”苏璟还陷在自己的强迫症里。

“她啊，总有五十多岁吧。你不认识她？哦，我想想，太早了，差不多十年前了。她被人削了半只耳朵，破了相，据说后来去韩国才整好的。”

苏璟吃惊地瞪大眼睛：“我的天，什么人啊？”

陈生压低声音：“她的众多情夫中的一个，雇的杀手。”

“还有杀手？”苏璟兴奋起来。

“就是刚才那个老光头，常来理发的，为这个事坐了五六年牢呢。”

“天哪，一点也不像，她跟他还有说有笑的？”苏璟迅速把那个光头在脑子里过了一遍，圆脑袋圆身子，短手短腿，穿件洗蹋了色的老头衫，懒汉鞋，说话软绵绵的，很像她家楼下摆水果摊子的打烧饼的。就是怎么也不像个杀手。

陈生回了一句很有哲理的话：“这就是江湖。”

20：00

老式座钟指向八点的时候，苏璟洗干净头发，拿掉了耳套和僵硬的肩托，轻松愉悦地坐在镜子前面。对了，老式座钟，陈生喜欢收集老物件，比如这只猫头鹰造型座钟，还有楼上的手摇电话机、蜜蜂牌缝纫机、木壳子收音机，等等。这些，都充分说明陈生是个有意思的人。苏璟在心里点点头，嗯，他确实是个与众不同的理发师。

他出现在她身后，微微俯下身，花了一分钟打量镜子里的女人，以指为梳前前后后理了理她的头发，又一次赞叹说，这下多好看。苏璟也知道好，波浪卷不大不小，刚刚好，贴着双肩婉转起伏，闪着绸缎的光泽。他手里多了一只银色电吹风，按钮一开，发出蛇芯似的咝咝声。她眼花缭乱地看他在头顶舞蹈，像个身怀绝技的高手，娴熟笃定，深谙于心，每一个手法指法都是重复了成千上万遍，绝不会有一丝偏离和不妥。

"好了。"他说着，放下电吹风，又弯下腰，手指留恋地反复去绕她的发卷，一缕也没有放过。她感觉他的手掠过她的双颊，停留了一下，滑了过去。然后，他微喟了一口气，抬起头，看着镜子，对自己的作品真是万分满意万分得意的样子。

苏璟对镜子里的女人也是万分满意，总是在这一刻，此时此地，她会有这样的幻觉，以为自己很美。这是他挥起魔棒、点石成金的效果。

他让她等一下，他打发了外面那个熟客，他们就走。

苏璟嗯了一声，去倒了一杯水，压抑着心里的小鹿乱撞和浮想联翩。小七居然友好地递过来一本杂志，苏璟心情很好，愿意天下太平鼓瑟齐鸣。她随手翻到一篇小说，可有可无地读着。小说写了一个古怪的单身女人，抛夫别子，并且别的是一个脑瘫儿子，遇到形形色色的男人，发生了形形色色的故事。这太诡异了。诡异到像个噩梦般的陷阱。苏璟坐在老椅子上，瞬间整个人沉到了水底，冰冷，窒息，她翻到开头，标题：《美妙的第三人称》。作者：陈生。她像见了鬼似的，不能置信地抬起头，小七正在镜子里很深远地看着她。

“写得不错，真不错。”苏璟心服口服地喃喃自语。第三人称果然好，不疾不徐，不偏不倚，永远隐藏自己，永远保持疏离，永远事不关己，却能命中要害，撕碎真相。

冷气太足，她觉得自己有点哆嗦，心脏那里寒气如刃。她不知道哪里出了问题，他和这张椅子合谋，对她施了魔法，一定要把她打回原形。她决定在进一步失态之前，离开这里。

她镇定地推开玻璃门，热烘烘的夏夜气息缠上来。好了，终于把她暖了过来。

她头也不回地走了，汇入茫茫人海中。

阿特丽切的紫薇树

“现在开庭。”

苏志文震了一震，猛然抬起头。审判长生得女生男相，连声线都有几分粗犷。大概昨夜没睡好，眼睑下面一抹隐隐的青灰，声音里透着说不出的倦怠。当然，也有可能是睡得太好了。苏志文促狭地想。

第二法庭有点大，显得空旷。审判席上坐着三个人，两男一女，端凝肃穆的黑色法袍，远远看去，像是钉在法椅上的巨型标本。

审判台右侧的原告席坐着个清瘦的女人，一直埋头认真研究手里的资料。对面的被告席完全是严阵以待，正襟危坐三人：

藏青西装的律师，以及原告的兄嫂。

下面的旁听席稀稀拉拉，连苏志文在内占着五六个座位。

苏志文只知道这是一桩妹妹起诉兄嫂的遗产纠纷官司，涉及他们公证处十五年前出具的一份遗产公证书。老李就是当年在那份公证书上签字的公证员之一。

案件是第二次开庭，法院很慎重，从简易程序转为普通程序，特意商请相关公证人员到庭。苏志文完全是被老李拉来打酱油的。

老李说："作为公证处的分管领导，你有必要熟悉了解关心我们的工作。"

老李现在是公证处一把手，跟苏志文亦是私交不错的老同学。

原告开始陈述，声音淡定冷静，听来有几分耳熟。苏志文看向原告席，她低着头，长发绾起来绾在脑后，松松别着一只黑色树叶状发卡。侧影倒有几分秀气，特别是嘴唇，小巧而饱满。苏志文心跳起来，有血液加速涌向心脏的感觉。她的唇角外侧有一颗黑痣。他知道是她。

有几年没见了？六年还是七年？从街道调到商务局，每天不是出差就是在出差的路上，数不清的饭局，谈不完的项目，他把她忘了。没想到，刚到司法局上班的第二天，就遇上了。

她还是那么瘦，轻薄得像一缕细长的影子，一径地低着头，跟从前一样，不大看人的。

十一月底的天气，苏志文兀自觉得手心出了一层汗。

老了，到底老了。眼角，眉梢，连耳垂那儿都爬着皱纹，只是还是爱美，大冷天的穿着黑呢长裙。他记得她偎在他怀里说过，她是一年四季爱穿裙子的女人。她还说自己嘴角的痣是“疾苦痣”，位置生得诡异，是命运多舛之相。注定一生疾苦，飘零如落叶。

她叫什么名字的？对了，阿特丽切。她屋里有许多诗集，《神曲》《叶赛宁诗选》，等等。扉页上一律写着，购于新华书店。某年某月某日。阿特丽切。

他问她，阿特丽切是谁？她呵呵笑着说是我啊，我的笔名。然后，她两眼发亮地跟他谈起雪莱黑塞米沃什里尔克聂鲁达辛波斯卡，许多他连听都没听过的名字。

从那以后，他一直把她称作阿特丽切。

苏志文几乎不敢看她，说不出什么滋味，手指下意识地在裤袋里摸索着一支烟，抽出来又推了回去，反复如此。只有他知道，她的黑白格子厚外套里包裹着一具好身体，柔软暴烈，灵巧狂热到不可思议。

从前有人说过，她瘦却性感，身上有情欲的味道。

苏志文仔细捕捉着她念的每一个字，终于弄清了缘由。十五年前，母亲去世前留下一份遗嘱，老街上的祖屋作为遗产留给兄妹二人。

事实上，母亲病重卧床的两三年，一直是她服侍和照料。三年前，祖屋那一带动迁，补偿给他们家两个小套，总共150平方米。兄嫂住一套，侄子一家三口住了另外一套。等她知道时，他们已经装修完毕，喜气洋洋地乔迁了新居。

妹妹一怒之下，把兄嫂一家告上了法庭，要求退还属于她的房产。第一次开庭时，她提交了母亲的遗嘱。被告质疑遗嘱的有效性，指出他们的母亲根本不会书写。

没过多久，她又向法庭提交了一份遗嘱公证书。他们的母亲生前在两位公证员的公证下，将位于老街的唯一一处房产留给儿子和女儿共有，院子里的紫薇树是女儿栽种，归女儿所有。

老李告诉苏志文："十五年前的这份公证书，我真有印象，因为从来没有人将一棵树，如此郑重其事地写进遗嘱的。这个女人，真是有意思。"

"没有调解吗？"苏志文问。

"法院倒想调解，妹妹坚决拒绝。"

苏志文暗暗点点头，这倒符合她的性格。

十多年前，他所在的国营企业破产，因为是学校分配的大学生，又有点职务，所以被安排到街道工作。跟在老唐后面负责信访，第一个走访的上访户就是她。

那时候她三十出头，苏志文也不过三十五六。他对上访的人群完全没有概念，他更不能理解一个三十岁的还算年轻的女人，放着好好的日子不过，上的什么访。

"上访不需要理由。"老唐说了一句很哲学的话。

"要照这么说，我也应该去上访。"苏志文心情郁闷，在两千多人的缫丝厂，好不容易熬成最年轻有为的副厂长，曾经令周围多少亲朋好友眼红羡慕。谁能想到有一天被发配到巴掌大的街道，每天接触的不是婆婆妈妈，就是家长里短，收入跟临时工差不多。

“你不会的，你跟她不一样。”老唐看了他一眼，笑眯眯地说，“老天要人吃些亏，不受着能咋办。当真拗着？当真搬起石头砸天？那些喜欢搬石头砸天的人，回回砸着的不都是自己。再说了，吃亏是福，这回亏着你，说不定下回就补给你了。有些人性子硬，钻进牛角尖就出不来……”

那一回，他们骑自行车去的她家。她刚搬到城北的莲花巷57–6号，街道好不容易协调下来，给她住的一间一厨。

他们推着自行车在城北一带转了半个多小时，才看到蓝底白字的“莲花巷”标牌。脚下已是这个城市的最北端，再往前就是防洪大堤。刚刚下过雨，巷弄逼仄狭窄，碎石路面低洼潮湿。老唐领着苏志文，在莲花巷的红砖乌瓦间七拐八绕的，路过三口水井，十几条打架的野狗，三两个在秋阳下打盹的老人，以及一些破败枯萎的丝瓜架扁豆藤。

老唐说：“到了。”

房子是那种老式的连排平房，暗红色窗框的油漆已经锈迹斑斑，用手一摸，腐蚀的铁屑大片大片剥落。水泥窗台上搁着几枚风干变硬的尖椒，以及两三瓣萎缩米白的蒜头。

门开着，大白天也是黑漆漆的。老唐随手拉了拉门边的灯绳，她迎了过来。

这是一个十来平方米的小房间，房内陈设简陋整洁：靠墙放着一张单人床，铺着平平整整的格子床单，那种集体宿舍的蓝白格子。床对过竖着一只老式高低橱，橱上有台电视机。单人床右侧靠墙放着一只深栗色木沙发，除此之外就是窗户跟前的一张褐色的旧桌子。

苏志文坐在木沙发上，无聊地看着地面。水泥地拖得发白，一片寂寥的白。

只有墙角一盆油绿肥美的绿萝，是屋子里唯一的亮色。

她说："来了？"

老唐说："呃，来看看。"

苏志文有种奇异的感觉，老唐和这些上访户之间有某种神秘的联系，就像动画片《猫和老鼠》里的汤姆和杰瑞，既相互对峙，也相互依存。说不好，但是第六感告诉他，他们之间有一种基于熟稔和了解，而衍生出来的信任。

"住得怎么样？"

"你看到的，还不是糊弄糊弄我们这些人。这房子漏风漏雨，打发要饭花子的。"她双手紧张地比画着，像是撕扯着空气中的什么东西。

借着灯光打量她，窄小的杏仁脸算得上白净细腻，不说话倒也秀气。一说话就神情激烈，一副与全世界为敌的样子，连尖削的鼻梁两侧分布的雀斑，也跟着张牙舞爪起来。

这是个外柔内刚的女人，他这么想着，趋到桌子跟前。桌上放着一面镜子，几样女人用的护肤品，还有一摞书本纸张。

最上面摊开着一张白底淡绿杠的信纸，他弯腰去看。一封手写信，圆珠笔，笔迹凌厉，抬头三个字“区政府”，冒号。

他不自觉地咧了咧嘴角，倒真是字如其人。举报信的大意是：1998 年 9 月，她所在的针织厂改制，下岗工人到区政府静坐。工人推选了十个代表与政府对话，她在厂里是个什么班组长，被推为代表之一。但凡这种静坐，不过是为了谈条件，总之其他九个人很快都被一一说服了，要不然得了经济实惠，要不然解决了岗位需求。很多人尝到一点甜头也就散了，都要养家糊口呢。只有她毫无通融余地，坚持要那些脑满肠肥的蛀虫下台，法办。

事情于是不了了之，她跑了一阵子，到处反映情况，终于也打了退堂鼓。接下来，用她话说，就是倒霉的事情一件接着一件：租个小门面开超市，一年不到，一把火烧光了。生意不敢再做，找到一份服装厂的工作，下夜班的路上还被车撞了。肇事者跑了，躺了几个月医院，花光了所有积蓄。没过多久，母亲过世，哥哥的儿子要结婚，她连住的地方都没有了……

大概就是从那个时候开始，她到处上访，她认为所有的遭遇都是那些“脑满肠肥的蛀虫”在报复她。他们害她失去工作，他们制造火灾和车祸，他们想要她永世不得翻身。

一开始，苏志文觉得好笑，跟街道那些人说的一样，她是一个偏执的，似乎是有被迫害妄想症的女人。读到最后，他一点也笑不出来，只感到心沉了下去。

第一次见面，他跟她几乎没说上一句话。

苏志文猫着腰走出法庭，外面是个长长的走廊，走廊尽头是一排玻璃窗。

他站在窗前点了一支烟，烟瘾完全是那些年在街道负责信访，经常熬夜熬成的。玻璃窗里映出他的脸，都老了，眼袋像酒盅一样，额上的发际线已退无可退，头顶则是日益稀薄，俯瞰一定像有一圈神光在照耀。

街道不大，上访户倒有十来个，涉及拆迁、下岗、就医，以及一些让人想都想不到的问题。这些上访户也分类别，有的喜欢隔三岔五跑街道或者区政府，要求得到满足或者基本满足之后，也能消停一阵子。有的人比较麻烦，喜欢跑市政府省政府，甚至更远。

老黄说她属于后者。他叹了口气："她父亲也是老上访户，跟邻居为了点地基纠纷，输了官司就到处上访。"

"后来呢？"

"生病死了。死就死了，呃，连上访的爱好都遗传给姑娘了！"

苏志文愕然。该怨什么呢，怨那些多米诺骨牌一样的悲剧事件？怨性格？还是童年阴影？

她性格捉摸不定，有时候好说话，有时候简直毫无通融余地。半年不到的时间里，老唐带着苏志文已经到市政府接过她两次，到省城接过她一次。

老唐说："那些老上访户比你还熟知时事政治，知道市里来什么政要了，省里要开什么会了，赶集似的一窝蜂地赶过去。

我们的任务就是把问题解决在萌芽状态，想方设法去拦去劝阻。劝不住拦不住，只得劳民伤财去找去接。”有一年寒冬腊月，没几天就过年了，他们还在外面没头苍蝇似的找人。

刚做信访，苏志文每一天都想辞职走人，慢慢竟也坚持了下来，他也不知道为什么。

他没想到的事情有很多。他后来知道，她竟写过诗，正经八百地做过诗人的梦。

她的高低橱上有个专门搁书的格子，推开生涩的玻璃小门，里面除了《神曲》《奥德修纪》《叶赛宁诗选》，还有许多其他诗人的作品。他都不记得名字了。起初，他以为不过是做做样子，装装门面，就像她给自己取个阿特丽切的笔名一样。

有一天，他在那些书里看到一份泛黄的油印诗刊——《远方》。16K，5 页。封面上是幅线条简洁的钢笔画：一条无限延伸的路，路的尽头是一些树和人影子。

打开来里面是墨迹斑斑，好多字迹已经氤氲不清。他翻了翻，其中有首名叫《紫薇》的小诗，作者是阿特丽切。

记得第一次见到你
也是在这样一个寂静的秋天
远远地从沉沉的灰雾里
我看见你紫色的身影
于是我，便走近了你
你只是颤动着你馥郁的花枝

沉默着不肯给我任何答案
今天，我又来到你的身边
你仍是给我以无语的缄默
但，我却送你一个灿烂的微笑
你好啊，紫薇。

诗末标注：一九八九年八月十四日。

他惊讶地问她："你写的诗？"

他记得她正在扫地，抬头看了看那些纸，眼睛闪烁了一下，又低下头，淡淡地说："上辈子的事。"

1989年，十六七岁，真是上辈子了。苏志文碰巧知道紫薇这种植物，他家附近的公园有许多紫薇树。树皮光滑如赤身裸体，尤为特别的是，伸手轻抚树皮，整个树身就会激烈地颤抖。树上有枚卡片，写着：紫薇，又称痒痒树，只要轻轻触碰树皮，就会颤抖不止，因其树干对振动十分敏感。

那天他们说了好些话，她说起高中时那个昙花一现的"远方诗社"。她跟前夫就是在诗社认识的，虽然这样，他们的婚姻也只持续了不到一年。

她说到他，语气淡淡的："他有本事，考走了。"

苏志文翻了翻那册诗刊，里面有好几个名字，他想问她，他是哪一个，想想又算了。其实是怕她发作。

有一阵子，区里好多人都在传，说她要求政府给她找个男人。这个男人要是机关事业单位工作人员，要有文化有风度。

有人说她是以前夫为标准找的，那个人考到苏城某机关以后，据说混得春风得意。也有人说，她看上了某机关的一个小干部，经常在他上下班必经的桥上等待，打扮得花枝招展，大雪天穿着裙子，披着朱红的流苏披肩，痴情得了不得的样子。

听过这些闲话，苏志文再面对她，竟有些不自然的感觉，说不清是什么滋味。他的脑海里竟会出现这样一个场景：纷飞的大雪，黛青的石桥，披朱红的流苏披肩，孤独地守在桥下的阿特丽切……

他跟她接触多起来，街道帮她联系了一份工作，社区敬老院的服务员。

她干了不到一个星期，就辞了。他得知消息后，打了一下午电话，她都不接。他气恼地跑去莲花巷，大有兴师问罪之意。

她看到他，知道他要说什么，自己却先哭了起来。

苏志文慌了，以为她在敬老院受了什么天大的委屈。

她抽抽噎噎地说："那个地方我一天也不能待了，比地狱还可怕。你没看见呢，帕金森，瘫痪卧床八年，褥疮烂成了洞，看到骨头。那个得阿尔茨默症的阿姨，呃，天哪，经常把大便搅到饭盆里。你不知道，你没看到，衰老、疾病和孤独真的比地狱还可怕…… "

"好了，实在不想去，就不去了。"苏志文笨拙地说。

"像我这样的人，无家无业，无儿无女，将来也肯定要到那样一个地方去。"她还在哭，声音小了，像小动物的呜咽。

苏志文不知道说什么好，安慰似的轻轻拍拍她的肩。就那样，她顺着他的手靠了过来，他们肩靠着肩坐了一小会儿。

可能也不过三两分钟，苏志文却觉得像有三两个小时那么久，他僵硬着身体，听着肩膀那儿传来渐渐轻微的抽泣声，以及不断抽面纸的刺啦声。他以为会发生点什么，但是没有。她很快站了起来，轻快地理了理裙子，露出一个羞赧的微笑。

他也竭力装出一个很自然的微笑。她坐过的地方，有一张皱巴巴的纸。纸上有三行字，是她写的：

从我，是进入悲惨之城的道路；
从我，是进入永恒的痛苦的道路；
从我，是走进永劫的人群的道路。

他看着，沉默了一会儿。

那之后，不知不觉地，他们之间也有了一点默契，她不像以前那么抗拒他了。但是跟她唯一的一次肌肤相亲，至今让他觉得迷茫。

记得正好是冬天往春天走的季节，住校的儿子周末回来，他下班路上买了只儿子爱吃的烤鸭。接到老唐电话，有人报信说她准备出门，有可能又到哪儿上访。他拎着烤鸭就直奔莲花巷，她正在灯下做晚饭，厨房里升腾着白色的水蒸气。她没说什么怪话，倒招呼他们一起吃晚饭，苏志文拎去的烤鸭摆了一只盘子，她又拿了一瓶酒。喝到一半，老唐被麻将搭子三缺一喊走了。他喝了两杯不肯再喝了，没想到她那么能喝，喝得热起来脱了高领毛衣，只剩一件低领薄衫，领口开得很低，露出颈下雪白的一片。

想不起是谁先解了谁的衣服，他们一起撕扯着睡到她的单人床上，他觉得自己还没有准备好就一下子滑进她的身体，那么柔软和滚烫，不由分说地把他点燃了。他没有想到，她瘦弱的身体原来那么美妙，蕴藏着无穷的激烈能量。后来，他们大汗淋漓地倦卧在一起，他才顾得上去探寻她的眼睛，她也在看他。她的发结散了，披拂在枕上，黑得像绸缎，映着眼睛里火烧云一样的绮丽……

这么久了，他竟还记得那种感觉，不能不说是个奇迹。苏志文向来有女人缘，在企业里接待客户免不了逢场作戏。甚或后来发生的露水情缘，偶然动心，与初恋的鸳梦重温，却都没有让他留下如此奇异的感受。他无从解释，大约因为是她，只有她，才是如此犯忌，如此的不可思议。

不知何时外面飘起了萧瑟的冷雨，站在十层楼的窗前，无端觉得寒意入侵。楼下草坪有几处泛着苍黄，不知道是枯萎还是烧焦留下的痕迹，总之显得潦草和难过。一只野猫跃过草坪中间的灌木丛，向一株棕榈树上攀去。不远处，隔条巷子就是一个很大的菜市场，他闭着眼睛也能看到那些杀鸡宰鹅的，那些卖蔬菜卖水果的，那些终年埋头剖鱼剁肉的。他仿佛还能看到那些乞讨者，一个没有下肢的，一个没有双臂的，他们长年守着那条路口，一张黄纸板，一只碗……

他默默站着，香烟屁股烫着了手指，他欠身扔进墙角的垃圾桶，复又悄声走进法庭。

庭审进行到了法庭辩论阶段。遗嘱公证书被证明是合法的，剩下就是房产的分配问题了。

她扬了扬手里的民法通则读本，十分淡定地说："我都研究过了，法律规定共有，就是共同所有，如果没有特别规定，就是平均分配。我要求退还属于我的七十五平方米的房产。"她略顿了顿，又说："对了，还有我的紫薇树。"

她嫂子的脸色早就涨成了猪肝紫，要不是旁边的律师几番劝阻，想必她早就破口开骂了。这会子，愤怒积攒到了一定程度，终于阔绰地发泄出来，只见她胸脯前倾，扑在桌面上，恶狠狠地说："你做梦，七十五平方米！嫁出门的姑娘泼出门的水，凭什么给你七十五平方米？"

她兄嫂都比她胖两三圈，厚墩墩地坐在被告席上，像墙。她哥哥从头到尾几乎没怎么说话，漠然地一会儿看看自己妻子，一会儿看看自己妹妹。

审判长问原被告双方愿不愿意调解。

被告席上三人互相看了一眼，律师说："我的当事人愿意接受法庭调解。"

审判长又看向原告。她坚定地摇摇头："不愿意。"

代理律师清了清嗓子说："原告诉求中的紫薇树，我的当事人在搬家前卖给了园艺公司，售价八百元。"

她看了看她哥哥，又一次坚定地说："我只要我的紫薇树。"

律师无奈地耸了耸肩膀，屈起右手中指轻叩桌面："请问原告，十五年前的公证书，为什么现在才主张权利。"

"你问他，问她啊！"她指着自己的哥哥嫂子，笑微微地说，"十五年前，他们宝贝儿子要结婚，把我赶了出去。他们说得好听，哪天存够钱买了房，就接我这个姑奶奶回家。我一直等着呢。"

那时候，她经常到处跑，他劝过她："别再到处跑了，弄个正经日子过过。"

她坐在桌子前面，绞着手指，也是这样笑微微地说："我向前走是堵墙，向后走是堵墙，向左走是堵墙，向右走也是堵墙，我无路可走，怎么办呢？"

"好好地找个工作，再找个人成个家。"

她扫了他和老唐一眼，愤慨地瞪着眼睛，指着他们问："你，你，我请问你们，会不会爱上我？"

苏志文和老唐都哈哈大笑，爱这个词，确实有点好笑。

那个春末的晚上，他从她家里出来，夜晚的冷风一吹，他清醒过来。他慌得要死，他自己也没想到，竟上了她的床。他怕她缠上他，赖上他。他想到，她一直想要找个正经工作的男人，会不会今晚就是她投下的诱饵。

他设想了种种可能，她会到单位告他，或者写信举报他。他应该怎么办，说她一向喜欢胡言乱语，说她对他怀恨在心，说她妄想症发作？即使没有人相信她，风言风语也足以令他难以抬头，这好像比嫖妓更令他难堪，人们会怎么想，竟然看上那样一个女人？

他忐忑了很多天，却什么也没有发生。

他好长一段时间不敢去莲花巷，不知道怎么跟她照面，幸而她那边风平浪静，消停了好些日子。

他开始悄悄想办法调换工作岗位。

九月底的时候，他们说她一个人去了车站。他和老唐着急慌忙赶到售票处，一了解，她竟然坐上了去北京的长途汽车。苏志文和老唐十万火急赶往北京。她就坐在出站口的长椅上悠然等着他们。她笑微微地说："要我跟你们回去可以，陪我爬次长城。"

苏志文没敢抬头，几个月没再见面，她对他一切如常，像是什么都没有发生过。又好像成了他的自作多情，人家根本没有放在心上。

老唐想了一想说："好，答应你，去爬长城。嘁，北京来了七八趟，长城长成什么样不知道。"

第二天，他们起了个大早去爬长城，她显得有些安静，他也没怎么说话，从头到尾都是老唐说话的声音。那天风有些大，她穿了件白毛衣，头发不时地被吹拂到脸上，闪烁着许多光的影子。

她背着老唐，悄声对他说："你不是说，读北岛的诗应该站在长城上。"

苏志文被她惊呆了。他是跟她说过这样的话，大学时他喜欢过北岛的诗。他没想到，她会因为这个，拉着他们来爬长城。那一刻，他觉得自己耳朵根都红了。从小，一发窘，他就是耳朵根发热。

从北京回来不久，他和老唐又商量着帮她联系工作。区图书馆需要临时工，做些整理图书、装订期刊之类的杂事粗事，他觉得倒也适合她，为此，他甚至动用了一点私人关系。

后来，区里动人，他如愿调到商务局，还提了一级，副局长。人不算老，四十出头，正值壮年，换个新环境，空气都新鲜了，重新有了踌躇满志的感觉。他负责招商引资，经常北上广地跑着，策划签订洽谈着许多连自己都觉得天花乱坠的项目，开不完的会，赶不完的饭局。他渐渐忘记了过去，忘记了莲花巷发生的事情。

偶尔地，他会不经意地听到她的消息，他们说她现在老实多了，到底岁数大了，图书馆是她做得最长的一份工作。

苏志文眼前闪过那本泛黄的诗刊，封面上那两个油印的斑驳黑字：远方。他知道她骨子里还住着一个诗人。

男人们还是喜欢拿她开玩笑，说她肯定暗恋某个人，要不然不会一直不结婚不成家，长得又不难看。另一个人添油加醋地说："从前，她提出要政府给她一个男人，这个男人要是机关事业单位工作人员。我们区里领导在大会上说了，谁愿意跟她结婚，帮助区里解决后顾之忧，政府一是提拔，二是重奖。"

这个段子太好玩了，一桌人哄堂大笑，苏志文也跟着笑。

他笑过之后，心里有点恨她，为什么不能过份安生日子。

那时候老跑莲花巷，经常会看到站在梧桐树下招徕生意的暗娼。他甚至想，这些女人也是人，自古笑贫不笑娼，谁不是在找快乐，谁不是心甘情愿被生活俘虏，甚至义无反顾地往那放纵和堕落的路上走。为什么她不可以？生活重要的不是诗和远方，重要的还是眼前的苟且。

果然，没过多久，他就深刻领悟了“苟且”这两个字的意思，真的是只顾眼前，得过且过。

他发现妻子跟舞搭子跳上了床，闹出些风风雨雨。男人总是这样，自己在外面阅尽繁花，妻子绝不可以红杏出墙，他几乎已经下了离婚的决心。生活有时候就是那么戏剧化，急管繁弦，急转直下，妻子查出了重病。他不能坐视不管，总还是情没断恩未绝，只得先尽起丈夫的责任。前后一折腾，花光了所有积蓄，妻子保住了一条命，从鬼门关上走了一遭。他算是陪着她，参悟了一回生死。

他不大敢想那段日子，但他能感觉到生活给予的打击，并因此投射下来的阴影。重病后的妻，像变了一个人，经常去七八十公里外的寺庙礼佛，在家也是念经持咒。他怜惜她，其实也是怜惜自己，过了五十岁，生活漏洞百出，健康更是漏洞百出，连酒都不敢喝了，他现在一喝酒手就抖。他劝解自己，算了，不要折腾了。

也就是这么着，考虑到要照顾家庭，他从重点经济部门出来，到了司法局。他想过有一天，他们会见面。但是，他没想好再见面该跟她说什么？她应该会记得他吧？

他正在胡思乱想，她的目光忽然朝旁听席上扫了过来。跟以前一样，她眼神飘飘的，空空的，像是什么也没看到，又像是已经看透了这一切。

后排有一男一女在低声嘀咕，男的说："这女人真怪死了，非要在一棵树上吊死。跟七十五平方米的房产比起来，一棵树算个屁啊。"

女的说："大概这棵树对她有什么特殊的意义吧？要不然还是为了钱，八百块钱也是钱啊。"

审判长磕了磕法槌，疲倦地说："现在宣判……"

判决书递到她面前，她郑重地签了字。他看不清她的表情，她应该高兴的吧。她赢了，她兄嫂被责令依法退还属于她的房产。

她拿着判决书，起身走到脸色铁青的被告面前，微笑着说："哥哥嫂子，我不要房子，也不要钱。我只要我的紫薇树。"

第二法庭忽然变得很安静，没有人说话。她慢条斯理地收拾好东西，胳膊上挽着包，肩上披着朱红的流苏披肩，袅娜娉婷地向外走去。走过苏志文身边，她停了下来。她俯身看他，笑着说："嗯，连你也奇怪吧，就为了一棵树。"

没等他开口，她转身走了。

不知何时，外面的雨已经停了，也可能根本就没有下。

黄昏转瞬即逝

一、我想知道谁是李小丽

夏天在郁金香舍小区碰上秦如月，记得是四月的最后一天。

那天是这样的，夏天正神思恍惚地往车位上倒车，很长一段时间她持续处于神思恍惚的状态。正在这时，她从后视镜里瞥见一个藏青风衣的身影无端矮了下去，只觉心猛地一沉，车屁股碰着了路人。夏天着急忙慌地拔了钥匙下车，幸好没有大碍。她蹲在那里，正在捡拾碰翻的黑色手包，以及包里掉出来的一些零碎物品。

夏天不安地说：“对不起，刚才碰到你了吧？”

“没事，是我不小心。”女人直起身子。

“如月，是你？”

几乎同时，女人也认出了夏天，她的眼里掠过一丝含意复杂的惊异之色。夏天听到心脏那里哗啦一下，又是一阵尖锐的玻璃碴子碎裂的声音。不容置疑的，又是一个知情者。事情过去十五天，伤口却新鲜如上一秒，任何一个同情的疑惑的或者局促的眼神，都是缓慢耐心地在她的伤口上撒盐。话说回来了，有谁能不知道呢，这个城市说大不大说小不小，鼠标轻触祖宗八代都能分分钟查得清。更何况，网上第一时间出现了一条热帖：规划局长坠桥身亡，疑患抑郁症。虽然十分钟不到就被有关部门果断屏蔽了，但各路小道消息还是传得沸沸扬扬。夏天不能想，也不敢想。

“夏天，好久没见了。”

“呃，你住这里？”

夏天看着秦如月，细瓷似的皮肤白得近乎透明，浅浅的妆容恰到好处，遗憾眼睑处的一抹若隐若现的青灰到底遮不住。果真是岁月不饶人，美人终究也会迟暮的。

“我，我来看个朋友的。”如月抬手拢了拢耳边并不存在的碎发。

夏天熟悉这个甜腻爱娇的小动作，女人经过再多事情，到底还是从那个小女孩脱胎而来的。她看着她，一时恨不能时间倒流回去。

这一刻，黄昏盛大辉煌，无比奢侈而又孤注一掷地挥霍着最后的光芒。这是四月最后一个黄昏，她们身后生长着一大片猩红的郁金香花海，正酣畅淋漓地沐浴在这万丈光芒里，一朵朵红得像在滴血。夏天一向不喜欢郁金香，此刻看来如此不厌其烦的相似和重复，更加是处心积虑排山倒海而来的美丽谎言。

黄昏总让人变得软弱，日与夜交替的刹那，在她看来鬼影幢幢挥发着某种魔力，她竟不怕被她看破如今的绝境。看破了又怎么样呢，她就是一只装满有毒有害气体的罐子，如果不找个缺口慢慢放出一点，她怕自己会成为一枚自杀式炸弹。她还不想死，死了就真便宜那个李小丽。可能或许大概，秦如月脸上显而易见的憔悴，对她不啻是一种安慰。她站在一小朵树冠的阴影里，深藏青风衣内搭白色亚麻衬衫，黑色皮鞋，黑色手包，整个人就是一则圈着粗重黑边的讣闻。

她也不知道自己怎么想的，指指前面那幢楼，邀请看上去不祥的“讣闻”，“上去坐会儿？”

秦如月有些犹豫，夏天没再说什么，转身向五十米开外的单元门走去，好像生怕被她拒绝，也害怕自己后悔。一小会儿，脚步声跟了上来，夏天说不出心里什么感受，暗自吁了口气。进了电梯心却又提了起来，悄悄打腹稿，待会儿这个开场白到底从哪儿开始？

A 区 16 幢 1616 室。夏天从手包的侧袋里摸出一枚钥匙，咬着牙木然捅开横亘在面前的深棕色防盗门。她是第七次推开这扇门了，每一次都被折磨得伤筋动骨元气大伤然后落荒而逃。

立在玄关处，她暗暗吁了一口气，那种感觉又来了，这个九十多平方米的公寓房内有个陌生女人游魂一样在萦绕，某种无法形容的气息如蛇芯咝咝的，劈头盖脸地砸过来。

两个人森然静立了几秒钟，像是等待主人从卧室或厨房迎出来，寒暄或者微笑。可是没有。眼前的一切跟上一次以及上上一次看到的并没有不同，餐桌花瓶里插着一束紫色雏菊，只不过变得更枯萎了一些。

秦如月弯腰准备换鞋，夏天一把拦住了她，自己赌气似的咚咚咚，高跟鞋在栗色实木地板上留下一串足音。郁金香舍是两三年前新建的精装楼盘，采用绿色新型环保材料，全年恒温恒湿恒氧。小区虽然位置有些偏，但是背倚独一无二的小青山，前临碧波荡漾的护城河，占据了这个城市绝佳的风水宝地。小区尚未破土动工，护城河已易名郁金香河。理所当然地，从河两岸到缓慢绵长的河坡遍植郁金香花。于是整个春夏，河面上荡漾着无数姹紫嫣红的贞静花朵。那些看房的人，不知不觉地被这一丝移植来的异域风情所俘虏。质量好环境好风水好，价格也是要你好看，饶是如此，还是有很多人趋之若鹜。当初夏天看学校里好几个老师出了手，也是跃跃欲试。跟他商量来着，他说什么？孩子小买那么远，找罪受啊？夏天是个怕麻烦的人，想想也就算了。原来人家留了这么一手，16 幢 1616。夏天现在看数字 6，怎么看怎么想吐。

书房里放着宽大的书桌和书橱，桌上陈列笔墨纸砚，铺着沾染了重重墨迹的白色毛毡。书橱里的书夏天都一一检视过了，有的新书封膜都未拆启，有几本旧书看着眼熟，想必是他从家里带过来的。卧室差不多被她打碎重组了，什么也没发现。墨绿色超宽软床是电视广告上最昂贵的那一款，广告语记得是“健康睡眠倡导者”，夏天逛红星美凯龙曾经被热情地邀请体验过。衣橱空荡荡的，挂着他的衬衫裤子、一件薄呢外套和一套睡衣。门轻轻一推，许多孤独的衣架就迫不及待地缠上来，恬不知耻地想要借尸还魂。再看看厨房，各样设备和油盐酱醋茶等该有的都有了，油烟的痕迹不多也不少，油烟机的油杯里有着三分之一的内容物。冰箱里放着一盒已经过期的澳洲纯牛奶，几根黄瓜几颗西红柿，一些鸡蛋，储物柜里有两袋卡乐比早餐麦片以及小包装的澳洲羊奶粉。卫生间更是昭然若揭，洗漱台前伸出来两个小手，一只手里尽责地握着杯子和牙刷，另一只手空空如也，像个巨大而无奈的问号。隔板上留着一瓶男用洁面膏和润肤乳，可是细看透明玻璃上一溜排形状不一的水渍。她拿走了所有的东西，她处心积虑毁尸灭迹，可惜这个房子她不能拆下来装到包里带走……

她们面对面坐在客厅的朱红沙发上，夏天抬双手掩了掩面，一时竟不知如何开口。秦如月从进门就没有说话，甚至也没有提问，这会子她萧瑟地坐在沙发边上，一径地看着自己的黑色高跟鞋足尖，似乎那里藏着什么答案。

“真不知道自己做错了什么，要遭这种报应。他倒是痛快地死了，留下我，成了全世界的笑话。”

“怎么会……怎么会有人笑话你，他是抑郁症。”

“真奇怪，他有婚外情，明明该得抑郁症的人是我，该死的人也是我。他凭什么去死。”

“外面都说他是因为工作压力大？”

“这都是命，命中注定。我认了，我不认怎么办……我现在就想知道这个女人是谁，我问了小区物业，问了门口保安，甚至问了楼道清洁工，没有人知道李小丽，也许知道也不会告诉我。如月，你朋友住在这里，她会知道吗？你帮我打听打听？”

“李小丽？”

夏天拉开手包，掏出一张 A4 半折大小的纸，递给秦如月：“你看，是我在沙发肚子里找到的，是那个女人的大生化检查报告单。他人没了，她也失踪了，这个屋子角角落落被我翻了多少遍了，就落下这个，其余都带走了……”夏天说着，疲倦地把自己重重扔到沙发背上。

秦如月接过那张报告单，上面确实写着“李小丽”三个字，年龄性别栏空白，大生化指标有三四个或上或下的箭头，总体应属正常。

“夏天，听我劝一句，别瞎想了，也许根本没有这么一个女人。人都不在了，你还自寻烦恼什么呢？”

“你不知道，我也希望我是自寻烦恼，可是你也看到了，这房子，这所有的。这么红的沙发，卧室里那么花的窗帘，还配着鸡屎绿颜色的软床，完全不是他的品位啊。还有淋浴房地漏盖那儿的长发……”

“光知道个名字到哪去找啊？”

“是啊，到哪儿去找啊。如月，你认识人多，你帮帮我。我也不知道为什么，整夜睡不着觉，我就是想知道李小丽是谁？”

夏天想起自己用铅笔抄下的一串地址，公安局的同学在她的再三恳求下，冒着违纪的风险帮她查了全市所有姓名为李小丽的人员基本信息。她站在电脑前，随手拿起桌上一支秃头的铅笔，往纸上抄。真没想到，一个四百多万人口的城市里，竟然有二十三个李小丽，其中还有一个是男的。刨去二十岁以下的，五十岁以上的，具备可能性的就有三个李小丽。同学告诉她，其实还有一种可能，那就是她根本不是本市户口。那样一来，根本是在做无用功。

“这些天，我是第一次说这么多话，朋友同学，我也不知道能跟谁说？枕边人都信不过，还能相信谁？”

夏天用食指揉着额角，太阳穴那里痛得厉害，脑袋里像有一万台发动机在轰鸣。她知道自己的样子肯定特别丑特别不能见人。十多天没有睡过一个囫囵觉，即使不照镜子，她也知道自己一定是眼袋沉重肤色黯淡憔悴不堪。

不能想，一想就是万丈深渊万劫不复万箭穿心。

那个周日下午，女儿做完作业正在客厅里弹琴，她在阳台上收衣服。天气好，衣服晒干后散发着好闻的阳光味道，黄昏的光线透过玻璃窗慢慢涌进来，带来淡淡的花粉清香。她接电话时，隔窗看见很美的春天：蔷薇开得灿烂繁美，密密缀满粉红粉白花朵，一只长尾巴喜鹊正掠过蔷薇枝头，朝日落的方向飞去。

电话那头是个烟嗓子的中年男子，说话有点磕巴。一上来就问她丈夫叫什么名字？有些莫名其妙的，她以为又是个骗子电话。男子说他是警察，她的心提到嗓子眼，第一反应是难道出了车祸。他在省城开会，说好是应该下午结束回来的。

她有点蒙，挂了电话就打他手机，关机，再打，还是关机。她嘱咐女儿在家练琴，妈妈有事出去一趟。坐上出租车，她意识到自己按重拨键的手一直在抖，不停地抖，她安慰自己，别慌，千万别慌，一定是弄错了。

然后，她看到了他，躺在那里。一只脚光着，另一只脚穿着黑色系带皮鞋，浅灰色薄呢西服上沾满淤泥以及一些缠绕的水草。一朵紫色的水葫芦花奇异地挂在鬓角……

暮色涌进室内，光线渐渐暗下来。夏天低着头，没提防眼里已经溢满了泪水，她擦了一把，却越涌越多，她懒得再管，就那么泪水滔滔地坐着。秦如月什么话也没说，陪着掉了会子眼泪。

二、会咬人的狗不叫

跟大多数人一样，朱琛早就知道并且认识迎宾馆的女一号秦如月，也耳闻了一些江湖上关于她的传说。若干年前，她和另外几个女孩从技校的酒店管理专业毕业，被当时很牛的迎宾馆选中，并称五朵花，秦如月因为外貌气质出类拔萃而被戏称为女一号。但是真正熟悉起来，却是因为一点小插曲小意外。

说来好玩，那次是朱琛招待客商。觥筹交错酒至半酣，身为副总经理的秦如月亲自服务，端了一碗西红柿蛋汤给诸位醒酒。一切都很合理，不合理的是汤居然洒到了朱局长的米色风衣上，都是有身份的人，赶紧诚恳地相互道歉，一个说不好意思我没端好，一个说不好意思是我喝多了没注意。座中几个客商脸红脖子粗地说："哎呀，朱局长，这是美女抛的绣球啊，赶紧的，去洗洗。"另一个起哄："洗洗，洗洗，洗洗睡吧，哈哈，哈哈……"

秦如月脸红了。其实她不是个爱脸红的人，那天脸红完全是因为朱琛脸红了，一个四十出头的男人还会脸红无论如何是件让人意外的事。

秦如月当众帮朱局长宽衣，并且很快到洗衣房亲自进行局部处理并熨烫，还给朱琛时风衣已经变得整洁如新，带着一缕薰衣草清香。朱局长满意地表示感谢，他在宾馆门口挥手送走客人，准备步行回家，顺手抄进口袋摸到一样东西，借着路灯看到是张名片，秦如月的名片。

作为一个四十出头的男人他当然知道这张名片大概是个什么意思，春夜微寒春风料峭，走在街头他竟感到满面春意荡漾。可是接下来怎么办，他确实有些缺乏经验更欠实践。他让这张带着香水味的名片在办公室抽屉里躺了几天，终于有一天他按下了上面的一串号码，他让秦总帮助安排一个重要商务接待。

一切合情合理，有理有节，秦总在电话里客气礼貌，当晚的接待可以说安排得细致妥帖，菜品精致美味，厨师长服务员都超水平发挥，以至气氛融洽宾主尽欢。整个过程中，秦总不时来到包间招呼和察看，微笑致意并周到地为客人添酒倒茶。朱琛一直若有所失，他也不知道为什么，说来好笑，左肩那里似乎若有所思若有所待，需要一碗温度合适的西红柿蛋汤的打扰。

那天，略有些遗憾，什么也没发生。就连暧昧的语言或眼神都没有。

又过了一些日子，风平浪静，朱琛发酵出一些不明所以的恼怒，就好像一个人找另一个人过招，这边摩拳擦掌跃跃欲试，那边忽然不声不响地玩消失。这成什么事，明明是你挑起的事端好不好。他决定忘了这个茬。也是的，他朱琛不是没有领教过女人的出于各种目的抛来的绣球，但他自视尚属洁身自好，算是五讲四美，尤其热爱家庭热爱妻子热爱女儿。

某日，他在迎宾馆有个饭局，席间手机“嘀”的一声，一条微信跳出来，是她：饭后来喝杯咖啡，502。彼时微信刚刚兴起，他特别喜欢启动界面上那幅一个背影仰望地球的图案。后来才知道，原来是幅真实拍摄的照片，名叫“蓝色弹珠”，由阿波罗飞船上的宇航员拍摄于 1972 年。

那一刻，他觉得自己其实就是那个仰望地球的人，面对着亘古未有的浩渺和孤独。孤独到想要去发疯。

他假装矜持地隔了一小会儿，手指颤抖地打出：好。

饭局的尾声，他趁人不注意悄悄撤了退，以前经常这样的，为了躲酒假装不胜酒力先行离场。他坐电梯上六楼，502是个什么所在，他并不清楚，咖啡厅或茶吧或酒吧，先不管了，去了再说。

他唯独没敢想象那是她的房间，却真是她的房间，湖水蓝的金丝绒帘幕深垂泛着层层涟漪，灯光调得有些暗，浓酽的香水味道厚重地纠缠上来，然后才是她的人。她对他伸出右手，黑色连衣裙里一截雪白的臂腕，衍生诗歌意象，一会儿是快要融化在舌尖的白色冰激凌，一会儿是屋檐上覆着的新雪。他脑子里跳出一句久违的诗："垆边人似月，皓腕凝霜雪。"

他迟疑了一下，才去握她的手。她笑着说："没想到你这么早脱身了，咖啡正在煮。"

果然他听到咕噜咕噜的大约是咖啡机的声音。

他借着三分酒意，斜睨着看她："我不是来喝咖啡的。"

"那你要喝什么？"

"喝你。"

空调打那么低，他手心出了一层细密的汗。他也没有想到自己这么坏，简直是最下等的调情。且慢，孔夫子都说了，食色，性也。就让他由着性子豁出去一回吧。

那晚他们很尽兴，一开始是她引领着启蒙着他，花样百出姿态万千。他很快心领神会后来居上超常发挥，每一次尝试，他们都经由对方的身体不约而同发现新的自己，因而乐此不疲喜出望外。

男女之间的事情，实在是说不得。第一次，朱琛就知道秦如月不可能是个简单的女人，因为任何一个标准的良家妇女都不会有如此的风情万种。可是那又怎样呢？良家妇女，他早已经有了。

这些道理张爱玲早就为万千痴男怨女总结过。朱琛娶了圣洁贞静的白玫瑰，难免向往热烈奔放的红玫瑰。男人都是这样贱的。

他们见缝插针地开始约会，有时候在502，有时候在这个城市的其他地方，有时候在另外一个他或她出差的城市。

他慢慢知道他的这朵红玫瑰十分了得，名下有多处房产和商铺，经济低迷的时候拍得一处几十亩的厂房长期出租。他没费多少心思，就打听到她的一些故事，除了头脑聪明深谙理财之道，她的原始积累离不开出入她身体的男人们的慷慨相助，比如某学校兴建教学楼，某要害领导打招呼，所有的建筑材料生意竟都给了她做。她的纤纤玉指压根没碰过一根钢筋，就赚得了别人二十年工资也余不下来的钱。

他存了警惕，甚至不动声色地暗暗期待热情慢慢熄灭。但是身体不受控制地竟有了惯性，总是飞蛾扑火在所不辞地想着另一具身体。大约他不是没有过芥蒂。某次酣畅淋漓的纠缠之后，他俯在她身上，指尖点着她的鼻尖问："你是妖精，我是深夜灯下的书生，你何时取我性命？"

她娇媚地一口咬住他的手指："我是狐狸精，此刻我便现了原形，来取你性命！"

"为什么是我？"

“因为是你啊……”

他伸出手臂一把把她揽到怀里。心里惆怅地叹息，你即使是妖精，我也是心甘情愿的，我又何尝做得回好人。

她喜欢倚在他怀里，伸出手指一根一根数他浓密的睫毛，说他睫毛长心眼多。他说起小的时候，大人们都夸他秀气得像个女孩子，睫毛又长又翘。朱琛闭着眼睛把手伸进她的怀里，食指摩挲着拨弄那朵花蕊。她没生养过，倒保持了少女似的身材，胸前盛开着玫瑰花似的乳。

没有任何不切实际的规划或承诺，他们竟细水长流地保持了这种关系。他很少谈他的家庭，他的妻子和孩子。她也从来不问，从这点上看，她是个懂事的情人。他说过一次女儿，是那种宠爱的口气：“怕她，一点也不怕我。”

她也笑，眼睛弯弯的。

他提起妻子，会像很多丈夫那样：“她那个人，结了婚就变了，整天不是工作就是孩子。”

“没有你，那就是有了别人。”她取笑他。

“那倒不是，她那个人，对这个事不热衷。”他嬉笑着把头埋进她怀里，没头没脑地拱着。

他很忙的样子，难得有空。即使抽出空子，也是千方百计地打时间差。细究起来，总是她迁就他多。他去省厅开论证会，她丢下工作去见他。他头天飞去广州见客商，她第二天订张机票就到了他身边。跟她在一起，他也有接不完的电话。她听得多了，对他的工作竟了如指掌似的。无非是发展规划土地利用规划区划规划，或者编制论证审核报批许可发证，或者是各种设计方案各种建筑施工图各种意见书各种许可……

他听着电话，却不免心猿意马。秦如月安静温顺地躺在那里，赤裸着身体，没有一点声音，薄荷绿丝绸睡衣扔在地板上，一片泠泠的月光。他想起她白天的样子，总是穿着那些黑色灰色白色的西装套裙，剪裁得体地衬托着主人温柔礼貌而又矜持含蓄的微笑，像个真正的女一号那样。她就是这样一个矛盾的女人，冷起来冷若冰霜，艳起来艳若桃李。

他腾出一只手抚摸她。遇上他之前，她离婚不久。她为他，竟戒掉了另外的男人。这些方面，他洞若观火。他有些沾沾自喜，又有些莫名担忧。

她近来有些变了，不知道是不是因为他。她跟他撒娇，说不想上班了，觉得累。又说，想给自己放个长假，出去旅游。然后随便在哪里找个地方，开个小小的咖啡馆。她孩子气地用手比画着，神情娇嗔，简直像恋爱中的女人了。他有一丝恍惚。

他们在一起两年多快要三年的样子，朱琛给了秦如月一把钥匙和一张银行卡。他吻着她说，房子是新的，添点东西，就能住了。

她想提问的，嘴巴却被他封缄。这真奇怪，他们在一起居然过了这么久，而且她竟然还不反感他的吻。

她就什么也没问，把那些问题咽下去，自己消化了。

她想朱琛也许不喜欢回答问题。正如她秦如月也不喜欢回答问题，很多事情，秦如月永远不会告诉朱琛。呵呵，她怕吓着他。

比如那碗西红柿蛋汤的故事，她永远不会说打死也不说。

其实真实情况是这样的，那天她路过包间，听到传菜间两个服务员在八卦他，一个说：“朱局长长得不错，就是成天冷着个脸，总是神色严峻一副分秒必争思考国家大事的模样。”另一个说：“我觉得挺好啊，大叔的年龄，处男的脸。”前面那个说：“嘁，还处男的脸，指不定多坏呢，人家不都说会咬人的狗不叫！”

秦如月微笑着屈起中指敲敲窗台，两个女孩子吓得噤了声。

传菜员端过来一碗西红柿蛋汤。秦如月支开两个女孩，面前一碗冒着热气漂着葱花的西红柿蛋汤。她弯了弯嘴角，有意思，处男的脸，她秦如月最见不得装腔作势假正经的男人，她偏要试上一试，看这人到底是真正经还是假正经。汤有点烫，她倒掉一半，兑了点冷水进去，手搁到碗上，温度刚刚好，不冷不热。桌上喝得恰到好处的乱，她悄悄走到朱琛身后，看准他起身敬酒的瞬间，手里的碗不偏不倚地撞上他的肩膀。

他们开玩笑，他竟然会脸红，她惆怅地想到，又是一个令人羡慕的好人家长大的孩子。他们有共同的外表特征：红领巾系得美丽大方，白衬衫永远干净整洁，眼神清亮如水晶，考试很少出前五。最重要的是，他们永远不会像她一样被要求称呼那些狗屁男人为爸爸。

秦如月父亲去世早，十来岁的时候，她就经常看到自己美丽多情的母亲带着陌生男人回家，偶尔也会跟某个陌生男人去他的家以及别的什么地方。曾经她母亲跟一个操蹩脚普通话满嘴跑火车的包工头去了遥远的城市，在工地上像老妈子一样给几十个工人洗衣做饭，还把所有的积蓄贴给这个人指望他生意兴隆能带着她鸡犬升天。没过多久，包工头赔光钱居然玩起了失踪，母亲一文不名灰头土脸地回了家。

母亲唯一一次正经八百的再婚，是跟夏天父亲夏老师。他们是经人介绍认识的，办了两三桌酒，母亲就带着如月住进了夏家。秦如月不反感夏老师，她以为那是她们母女漂泊多年的目的地。平心而论，夏老师对秦如月不错，做着视如己出的努力。性格温和的夏天心里不情愿，还是忍耐着让如月住进了她的房间。虽然是半路姐妹，倒也像亲姐妹一样会吵架也会和好，会说些悄悄话，也会互相不理睬。然而好景不长，生性喜欢漂泊的母亲在停靠夏家一年零三个月之后，再一次带着女儿离开和出发。

许多年后，当秦如月辗转漂泊于不同的男人怀里，她总是会微笑着对自己说，原谅我们，原谅我们这一生不羁放纵爱自由。

命运总有惊人的相似，也有本质的区别，母亲总是上男人的当，而秦如月总是会给当给男人上的。

招惹男人是她的特长，是她与生俱来的秘密本领。茫茫人海中，她能准确地找到他们。每一次，只要秦如月愿意，她会通过一个动作一个眼神，甚至一颦一笑，极有耐心地发送电波一样的密码。自有会解码的人来对暗号，像地下党接头。这种本领超越纯粹的荷尔蒙释放，甚至超越一切书本和课堂知识，完全是只能是天赋。

她花了两三个星期布置他们的家，置办了床沙发窗帘书桌书橱以及各种厨房卫生间用品。她兴致勃勃地为他买了许多衣服，订制款的西服衬衫和领带，衣角衬里一些不经意之处丝线绣着他名字的专属 LOGO。一个人的时候，秦如月用手划过那些衣架，不禁莞尔。不知道他穿上这些衣服回家，会如何解释。

即使有了共同的家，他们见面的频率也跟以前差不多。最大的好处是再也不用走进各种陌生的酒店房间，忍受来路不明的芜杂气味，更避免了可能陷入的危险境地。极偶尔地，他能留下来过夜，于她而言，新鲜得像节日一样。她喜欢买一束雏菊，清水养在玻璃瓶里，静静做一顿晚餐，一起喝小杯红酒。

清晨，她悄悄起来为他做早餐。她握着一管番茄沙司低头在三明治上画着俗艳无比的红心，他从背后过来拥住她。他的双手交叉搁在她腰腹那儿，手指白净细长，异常好看，恰好是她迷恋的那种男子的手。她从来没有告诉他，她其实特别在意男人的手。

她笑着推开他，赶紧刷牙洗脸马上就好了。她怔忡了一小会儿，弄得真的很像那么一回事似的。

三、幽暗和光亮

有好些晚上，夏天要么瞪着眼睛到天亮，要么做些乱七八糟的梦。总是梦见自己不停地坠落，什么都看不见，到处都是死亡一样的黑暗，只知道下面是比地狱还可怕的无尽深渊。唯有一次，他出现在她梦里。他风尘仆仆地乘着破旧的乡村公交，到镇上中学来找她。她踩着下课铃气喘吁吁跑到学校门口，远远看见他站在那儿，白衬衫束在淡蓝牛仔裤里，微微红着脸朝她笑。她记得，他的背景是传达室那扇油漆剥落的蓝色木门，蓝得像那时候的天空一样。

醒来之后，她钝钝地想起那些日子，他为她写过很多诗，一封一封地寄到学校来。他们那么年轻，用力地爱和被爱过。不知道从什么时候起，一切被悄无声息地改变，就像照片放久了会泛黄。他们像所有的步入中年的夫妻一样，随生活载浮载沉，做爱是为了彼此交代，聊天总是围绕老人孩子，不是没时间关心对方，只是渐渐失去那份耐心。

她这么想着，忽然决定原谅他了。记得某个深夜醒来，摸到旁边枕头空着，起身见书房烟头明明灭灭。她问他怎么不睡，他说心里烦睡不着。她想问他烦什么的，她张了张嘴又闭上了，她累极了，带着实验班班主任，每天工作差不多十二个小时，头一靠枕很快就沉沉睡去。第二天醒来只作是梦。因为她没见过他抽烟。

夏天后来无数次问自己，他深夜睡不着，到底烦什么？除了那些需要他签字的各种图纸文书各种审批许可，那些围绕身边各怀心思的开发商，应该也包括住在郁金香舍的李小丽吧。她想她应该走过去，坐在他身边，陪他聊一会儿，或许现在就不用以这种方式想起他：夜色堆砌成墨汁一样的黑暗海底，他是一个放弃挣扎的溺水者。

她希望出现一个凶手，以不显得自己如此无能。可惜似乎不成立。他给主管部门一把手，以及夏天的邮箱定时发送了一封邮件。

第一封信写着：我的死，与任何人无关。请善待我的家人。

第二封信写着：一切都已安息：幽暗和光亮，花与书，爱与被爱。

没有抬头，没有落款。

夏天经常打开邮箱，期待新的来件。却始终只有这十八个字："一切都已安息：幽暗和光亮，花与书，爱与被爱。"她不知道他想说什么，上网查了一下，出自里尔克的诗。这十八个字经常跳进夏天的脑子里，到后来，干脆附着在脑细胞上不肯走了，一天天生长膨胀，像十八个怪兽在里面打斗，打得她头晕目眩头疼欲裂。

领导来家里慰问，说没想到发生这样的事，我们很难过。

夏天说我想知道他工作上的事，他到底为什么忧郁？

人走了，还提那些过去的事做什么，一笔勾销了。

夏天还想说什么，来人语重心长地告诉她，夏老师，你是人民教师，是国家工作人员，你要相信组织上的判断，你要节哀顺变，而不要节外生枝。

又说，死者为大，入土为安，所有的一切都将成为过去，领导尊重死者遗愿，正在协调有关部门按最高标准发放补贴，并且，你们的女儿可以享受抚恤金直到年满十八周岁，你们有什么要求可以提。

他们送来他的办公室内的私人物品，包括一把陌生的防盗门钥匙，他们告诉她，核实过了，公寓房在郁金香舍，A 区 16 幢 1616 室。关于这个房子，他们还说了一些闪烁其词语焉不详的话。夏天都没有耐心听了，她一心以为这个房子一定藏着谜底，等着她揭开。

她几乎一分钟也没耽搁就赶到那里，钥匙也是毫无障碍地打开了所属的大门。但是什么也没有，公寓房里空荡荡的，收拾得干干净净，表面上看不出一点破绽。没有女人的照片，衣物，以及任何可识别物。就好像有人处心积虑毁尸灭迹，把一切都抹得干干净净，因为太刻意反而可疑。夏天本能地感觉到女人的身影游魂一样闪过，还有混合着体香和化妆品香味而形成的某种味道，日积月累地生长在房间里，吸附在墙纸上。

如果不是看到署着他名字的几本旧书，以及他那一手有着童子功的颜体，夏天都不敢断定这房子真是他的。

公寓房子被她掘地三尺，唯一的线索就是那张化验单，以及单子上的李小丽三个字。

她再也没想到，这个四百多万人口的城市里，竟然有二十三个李小丽，其中还有一个是男的。

“男的怎么叫这个名字？”她居然有心情替别人操心。

“这有什么大惊小怪的，男的叫丽啊美啊芳的多了去了。”她的警察同学说。

这二十三个李小丽中，男的应该不必考虑，岁数太大的不可能，太小的也不可能，残疾的也不可能。最后只剩下三个可能。

夏天一时忘了伤心，跃跃欲试地像一个侦探那样制订了作战计划，第一个目标选定三十六岁的李小丽。她的工作单位和住址是一家已经破产的国营企业，夏天所带的班里有个学生家长好像是这个单位出来的。第二天，他就把打听到的信息反馈给夏天，说李小丽住在花园市场附近，而且她本人就在花园市场里做生意，至于做什么生意就不清楚了。

这就好办了，花园市场在夏天家附近，也是她经常买菜的地方，她步行五六分钟就到了。一切都很顺利，市场管理员告诉她：“李小丽啊，家禽屠宰摊位，1号，进去就看到了。”

夏天确实一进去就看到了，一个终年穿着长皮围裙，皮手套，皮胶靴，忙得头也抬不起来的胖大女人，周围污水横流，各种家禽的叫声串成世上最嘈杂的交响。夏天每次买了鸡鸭鹅鸟都找1号宰杀，并且跟着其他人称她李大姐。夏天讪讪地摘了墨镜和口罩，转身走了。

第二个李小丽二十二岁，在大学城读大二。幸好大学城不算远，夏天费了点功夫，通过一个老同学打听到这个李小丽。

夏天跟了她一整天，看着她上课，去食堂，跟女伴在巷子里吃五毛钱一串的麻辣烫。其实一见面，夏天就知道不可能，她瘦得像只鹭鸶，身体生涩僵硬明显没有打开。她不属于郁金香舍。况且，她从头到脚一身衣服必定出自淘宝，而且不会超过两百块钱。一个已经或者可能做人家小三的女孩子，怎么还会选择这么廉价的衣物。

第三个李小丽四十二岁，住在城郊接合部的民居。第一次去时，家里没有人，那是一幢看上去有些破败的二层小楼。第二次又去，灰色铁门依旧紧闭着。夏天无奈去向邻居打听。邻居反问她："你也是上门要债的？"夏天含糊地点点头。邻居带着几分幸灾乐祸的神情说："几年不见人影了，你到哪块要到钱？两口子到广东打工了，过年都从不回来。"

朱琛的追悼会，秦如月去了。

她穿了一身黑衣，戴了墨镜和口罩，一直在灵堂外晃悠，活像等待超度的孤魂野鬼。

追悼结束的时候，里面的人往外走，秦如月趁乱进去看了一眼灵床上的死者。他躺在那里，跟平时睡觉没有什么两样，只是你会知道他已经没有温度了，露在外面的肤色白腻僵硬，如早市肉案上的展示品。永远不会亲吻，勃起，做爱，不会吃饭，吵架，生气。他的脸上是死亡带来的永恒平静，平静之中甚至有一种漫不经心的满足。从那么高的桥上坠落，会是什么姿势？像一片自由落体的树叶，还是一枚击中湖心的子弹？

秦如月坐在车里，看到一缕青烟袅袅升上天际，胸口一阵翻涌，俯在方向盘上呕吐起来，两天没怎么好好吃东西，晨起喝的半杯水吐了出来。

一个多月前，他收拾了她所有的东西，装满四个纸箱，从衣服鞋子到发卡胸针化妆品香水。他跟她说，这个房子当初是内部价购买的，牵涉到很多人，最近风声不好，可能要把房子退出去……

她记得自己冷笑着看他："编那么多理由，不过是要我退出吧。好，很好，姑奶奶什么都缺，就是不缺两条腿的男人。"

三十五天，整整三十五天，他没跟她联系。她也没跟他联系。

秦如月辞了工作，去了西藏。她没记住什么风景，也没有碰上任何艳遇，但她觉得自己来对了，那种缺氧的感觉很适合她。她一个人躺在八廊街附近的旅馆里，为高原反应所折磨，反复高热呕吐。夜深人静的时候，自己握着自己的手，无所谓死亡降不降临。眼泪溢出眼角，缓缓地流进耳朵里，她也没有去拭。好了，她跟她母亲终于殊途同归。

秦如月最后一次走进郁金香舍小区，记得是四月的最后一天。

不知道为什么，她想去看一眼那个房子。她告诉自己忘了还他钥匙，不如就此放回去。她知道这个借口是有点疯狂，手里捏着那把钥匙，犹豫着在楼下走了几个来回。

就在这时，手机铃响，打电话的自称是某保险公司的业务员，仿佛害怕她挂断电话，语速飞快地说着："请问您是李小丽女士的女儿秦如月吧？您母亲为您投保的健康综合险，需要缴费了，我们联系不上您母亲，请问？”

“我母亲去世了！”

“对不起，如果您要缴费的话，请尽快带相关证件来办理手续……”

“我……”话还没说完，一辆冰蓝颜色的小车后退着滑过来，秦如月侧身让了一下，高跟鞋一个趔趄，黑色手包摔到地上。她蹲下身去，捡拾碰翻的包，以及包里掉出来的一些零碎物品：口红，镜子，纸巾，充电器，以及一把钥匙。

然后她看到夏天走了过来。

黄昏盛大辉煌，正无比奢侈而又孤注一掷地挥霍着最后的光芒。这是四月最后一个黄昏，她们身后生长着一大片猩红的郁金香花海，正酣畅淋漓地沐浴在这万丈光芒里，一朵朵红得像在滴血。

“对不起，刚才碰到你了吧？”

“没事，是我不小心。”

薤上露

一

很少见到长得那么好的爬山虎。三层小楼的整面西山墙都铺满了，一丝缝隙也没有。蓊蓊郁郁的绿色叶片，透着海水样的蓝。后来出了那个事，才有人说爬山虎长得越好，阴气越重。容易招些不干净的东西。

周舟喜欢跳舞，小城里的各处舞厅都泡过。晓川舞蹈工作室的牌子挂出来之后，被朋友带去过一次，后来就经常耗在那里。很多次，走进满墙爬山虎勾勒出的小小门洞，沿着日光线昏暗的旧楼梯上去，跳舞，抽烟，消磨一整个晚上。他偶尔会怀疑，这些爬山虎会不会是自己常去那里的缘由。因为此后的记忆里，总是它们：春天时冒出绯红的嫩叶，夏天叶色浓绿。秋风起时，花开结果，叶色泛黄渐至火红。几场霜冻过后，枝枯叶萎，静静冬眠。走过墙下的人，明知它们会苏醒，却仍然有抑制不住的萧索和怅然。

有时候来得早，他和老俞就倚在走廊尽头的窗户跟前抽烟，远远看晓川教女学员对着镜子练基本功。枯燥单调的一二三，三二一，嘣嚓嚓，嘣嚓嚓。老俞一脸悲愤地说，来学国标的怎么全是老女人，美女都上哪去了？来个把好看的，你看看，都围着晓川去了。这晓川一双桃花眼，就是有女人缘，天生是吃女人饭的。老俞白胖，个矮，活像发过了头的大白馒头。他在兽医站上班，具体做什么忘了问，或许问过也忘了。周舟恍惚觉得他就是应该往那洗刷干净的肥白猪尸上盖章的。老俞是个烟枪，只抽三五。周舟也只抽三五。因为这点巧合，两人颇有惺惺相惜之感，老往窗户跟前凑，你递我一根我递你一根。好像他们不是花钱来跳舞，倒是来抽烟聊天的。

他们俩还有一个共同点，都没有固定舞伴。喜欢跳舞的人都知道，经常泡舞厅的，大部分是搭伴来的。有的搭档两三年，甚至五六年了，慢慢就有了默契。那些熟稔的舞伴，一眼就看得出来。身体的碰撞，眼神的交会，手指一勾一带，像齿轮一样，毫厘不差针锋相对地磨合出了某种化学物质。

老俞会指着灯光下的某一对，不无艳羡地说，看那对，那个秃顶男和蝴蝶结（她喜欢把头发低低绾个髻，并且长年别一只孔雀蓝蝴蝶结发卡），还有那对……百分之百，肯定勾搭上了。

周舟揶揄，你看你，口水都掉下来了。

老俞一本正经地说，我不是个随便的人。

固定舞伴有固定舞伴的麻烦，很容易就会被对方视为私有财产。你偶尔跟别的女人多跳了两支，或者哪一天竟然想转移目标，那是跟闹分手一样很伤筋动骨的。有一阵子，秃顶男跟一个新来的女人跳上了，特别热乎，不计后果地把蝴蝶结晾在一边。蝴蝶结素来枯索严肃，颇有几分修女气质，那些日子忽然一反常态变得活泼起来，大声地谈论孩子、服装、饮食和网上各类八卦新闻，跟老俞他们一曲接一曲兴奋地跳着热烈的快三和伦巴。没想到，新来的女人那么快就厌倦而去，秃顶男讪讪地回头想找蝴蝶结议和。她不看他，只管凝视他周围的空气，礼貌地拒绝。偶尔地，大概怕引起周围人注意，她跟他跳一支舞，也是冷淡而轻蔑。终于大家对这种观察失去了兴趣，不知道哪一天开始的，他们已经言笑晏晏地相拥在一起了。老俞喃喃地感叹，世上无难事，只要肯登攀啊。

没有固定舞伴，比较自由，想来就来说走就走。他们不缺舞伴，舞厅里永远女多男少。更何况，丁老师还有一群嗷嗷待哺的女学员。但是带她们跳太累了，用老俞的话说，就像自己跟自己撕咬，自己跟自己摔跤，两支曲子跳下来就累一身汗。

悟性好的女人也有，比如冷宝珠。

冷宝珠是晓川的第一个女弟子，身材高挑，皮肤白皙，衣着相当考究，所到之处总是留下一缕清冽而神秘的香水味道。就连走路，她也向来微抬下颌，一脸倨傲的并且不打算轻易服从的神情。

老俞奇谈怪论，好看是好看，削脸薄唇，总是几分苦相。唉，名字就没取好，本来姓冷，玉也冷，珠也凉的。

周舟笑他是典型的吃不到葡萄说葡萄酸。

冷宝珠确实有点冷，不大笑，也不大爱说话。除了丁晓川，她很少跟其他人跳舞。很多时候情愿坐那玩手机，或者对着镜子独自练功。怎么说呢，这使她显得跟别的女人不一样。

丁晓川也不是一般的舞厅老板，他是个舞者。老俞强调说，他本来是出门做生意的，钱赔个精光，倒学了一身舞艺回来。还参加过全国国标舞大赛。得没得奖？得没得不知道，反正至少是入围了，要不是因为腰练伤了，也不会回来。老俞吧唧下嘴巴，惋惜地说。到底不是童子功。即使没有童子功，丁晓川往那一站，架形一端，气场就出来了。正如他跟女学员们强调的：肩平背直收腹挺胸。如同一根看不见的线，从脚后跟，到双腿，到臀，一直穿过腰背和脖子提拎着他，始终无限地向天花板延伸。不需要宣传，爱跳舞的人嗅出味道渐渐就聚拢来了，晓川的国标舞一级培训师证书郑重地挂在吧台的装饰板上，他是他自己的活招牌。这下子，舞蹈工作室跟舞厅的区别出来了。门票年费学费都贵一点，就这一点，自动筛选出属于这里的客人。所以，这里的男女舞客相对要年轻体面一些，不像红玫瑰、百乐、樱花基本上是退休老同志的天下，那些地方跟广场舞差不了多少，更不要提什么正经国标了。

舞蹈工作室租用的是一幢旧厂房的三楼，位置有些偏，向北望去就是防洪大堤，生着高大浓密的针叶松和大叶榉。向南向东是些旧的平房和居民楼。向西不多远，有几幢瘫在那里若干年的烂尾楼。传说烂尾楼里闹过鬼，有人黄昏时看见楼上有红衣红裙的女人飘过。周舟听了笑笑，他从来不信这些。

二

有一晚，落了些小雨。周舟本来不想去的，因为之前推了一个饭局，变得没事可做，就晃了过去。果然没什么人，晓川正在镜子那里跟几个女学员做示范。她们围着他莺莺燕燕的，嗲声嗲气唤他丁老师，晓川老师，甚至有叫他丁丁的。周舟拼命忍住才没有笑出声来。从本质上来说，女人撒娇跟猫叫春没有太多区别。

周舟没进去，站在窗口点了一支烟。

烟还没抽完，看见冷宝珠从楼梯那儿一点点冒上来。她不说话，周舟也没打算开口。她窸窸窣窣地收拾雨伞，打开储物柜换鞋，又把包和鞋搁进去。走廊这边靠墙有一溜排灰色储物柜，交押金领把钥匙可以放放包和鞋子。周舟瞄了一眼，冷宝珠用的是 1 号柜。

周老师，下雨都坚持来呵。

周舟愣了一秒钟，这才意识到她在跟他说话。不知道从什么时候起，舞厅里也时兴互称老师了。他咧了咧嘴，不由自主换了一种轻快的语气说，向冷老师学习哈。

她没进去，趴在窗口看那些顺着遮阳棚悬挂下来的爬山虎。那些叶子，灯光照到的地方是亮的，照不到的地方是黑的，盲人似的黑。看的人心里明白，本来就绿，喝饱了水，一定是绿得不能再绿了。更远的地方，黑影幢幢，是砌了一半被长久地扔在荒地里的楼房。

他斜睨着她，递了支烟，满以为她会拒绝。她略为迟疑了一下，竟然接了过去，顺手拿起搁在窗台上的打火机自己点了。看得出来她不会，吸了几口，呛得咳嗽起来。她掩饰着，发出短促的笑声。过一会儿，慢慢平静下来，转过身背倚着窗台，左手抱着右手肘，就那么任香烟袅袅在指尖燃烧。

她没再说话，只管安静地看着舞池的方向。

借着烟雾的掩饰，周舟颇有几分好奇地打量她。他一直引以为傲的是，粗粝的生活没有磨掉自己的好奇心。生活最隐秘的快乐是，每一段擦肩而过，每一次萍水相逢，其实都是不可多得的故事，都有可能有朝一日把它们连缀成意味深长的小说。是的，他想成为一个小说家，而不是无聊的小报记者。虽然，到目前为止，他连一篇完整的小说都没写出来。这会儿，他看得出她有点儿消沉，有点儿伤感。他猜不出她和丁晓川之间发生了什么，难道真如老俞所说，她喜欢他。为此，她吃那些女学员的醋，吃得比他老婆还厉害？

晓川招手叫她。她瞟了他一眼，弯了弯嘴角，她的眼睛里泛着一些亮晶晶的东西。她把早已熄灭的香烟扔进窗台上的易拉罐里，转身袅袅往舞池走去。

他看着她的背影，想起老俞说的话，这是个谜一样的女人。

他看着他们，漫无目的地想着。丁晓川跟她，他们其实很少说话。他们的交流更多是通过眼神和动作，就像刚才那样，隔那么远，他只是招了招手，灯光黯淡而闪烁，她就接收到了。最大的可能是，她其实一直在关注他，并且等待着他的召唤。她平时称呼他什么来着？周舟想不起来，丁老师？晓川？好像都没有。她始终跟他肩并肩，或者面对面，他们大概并不需要太多的语言。

他们示范探戈定位。他展开双臂，摆了个标准架势。她把右手轻轻搁到他左手掌心，左手绕到他的外臂，搁在他大臂三角肌下侧。他的右手由她的左臂下方绕过，轻轻停在她的肩胛骨下方。他的右手略微带了一带，她的左胯和他的右胯贴到了一起。旁边站着的几个女人交流着讶异的眼神。她们的唇语显然是，我的天，贴这么紧密！

音乐响了，是那支熟得不能再熟的阿根廷探戈名曲：Por Una Cabeza。他们轻轻相拥着前后荡漾了两步，瞬间通了电，立刻变得天人合一天衣无缝。小提琴的旋律激越又浪漫，他们翩翩起舞。因为跳过太多次了，每个动作都配合默契，每个转侧都谙熟于心。灯光会说话，闪烁变幻扑朔迷离，不断地层层递进推波助澜。他和她，进退俯仰，左顾右盼，欲拒还迎，时静时动，忽而分开，忽而相拥，有试探，有爱恋，有幽怨。这是一场角逐和交锋，她不断被用力抛出，又被死命拉回，她迎合他也挑战着他，他们棋逢对手将遇良才。最后一个定格，只见他托着她，她右腿独立斜仰在他怀里，左腿微收双膝并拢，黑色金丝绒旗袍外面露出的小腿纤细有力，双目微合脸颊栖着两朵红云。看得出来，她非常享受，是那种发自内心的享受。

他们共舞，周舟不得不承认，旁观者也是一种享受。任何一个女人，踏进舞池，大概都会很容易爱上这个男人的。丁晓川长得不难看，却绝算不上俊美。由于职业的缘故，加上总是跟女人打交道，略微带点女气，不算犯嫌。但他一跳舞就会发光，神一样的光。这是个有意思的事。

丁晓川跳舞没有童子功，但有家传。他爷爷年轻时在上海滩跳过舞。他父亲是这个小城里最早开舞厅的，八十年代中后期到九十年代初，那是非常时髦的，真正属于年轻人的舞厅。据说他父亲年轻时英俊潇洒风流倜傥，很受女人欢迎。但他们父子关系一直不好，他说他跳舞跟他老头子一点关系也没有。他始终恨他是个浪子，辜负了他母亲。一直到后来，老头子中风卧床，他才肯去看他。

陆续来了些人，大概外面雨停了。碰到几个熟悉的女人，周舟依次陪着跳了几支慢三慢四，微微出一身汗。喜欢跳舞的女人有很多种，有的人不会跳，而且沉重如麻袋，不但踩你的脚，还有本事带乱你的步伐，因她完全掌握不了节奏。有的人虽然不会跳，但头脑聪慧肢体协调性好，她会放松柔软地跟着你走，那就对了，跳舞不就是跟着音乐走路吗。

周舟抽第二支烟的时候，冷宝珠走了过来。她要了一支烟，这回她没有咳嗽。她沉默了一会儿，忽然问他是做什么的？他告诉她，我在一个半死不活的报社上班，写点没人看的豆腐块。

记者啊，难怪你看起来跟他们都不一样。

哪里不一样？

她仰脸思索了一下，呵呵，说不上来。她眯着眼睛笑了一下，她有一双丹凤眼，眯起来的时候又细又长，直扫入鬓角里去。

冷老师在哪上班？

你问的是昨天还是今天？昨天我是血防站会计，今天是无业游民。她声音干巴巴的，没有一点情绪。

周舟觉得她在开玩笑，就应景地笑了笑。

她自顾自地说了下去，二十八岁那年，朋友带我走进这里，就开始学他妈的国标。今年我已经三十三岁。三十三岁，三十三岁又离婚又失业。

他错愕地看着她，她如果没有喝酒，那么一定是抽烟抽醉了。三五牌，本来就不适合女士。

她没有再说下去，拿了包，转身下了楼梯。

周舟张了张嘴，她已经消失了，留下一串高跟鞋空茫的足音。她站立的地方，一丝若有若无的苦橘花味道像蛇一样游走。

其实，周舟想告诉她的，我也离婚了，就在上个月。但是跟跳舞没有关系，一点关系也没有。我前妻说她忍我十几年了，说我整天半死不活的，男人年轻时颓废点是玩文艺，四十多岁了还颓废简直是不识好歹，写了十几年豆腐块还能写出什么名堂。她大概说得有点道理，我可能真是个怪人，对什么都提不起劲，没多少朋友，也懒得再交朋友。我想写小说，至今却一个也没出来。梦中有过自杀的念头，甚至一度，我怀疑自己患上了抑郁症。她一直想让我竞争报社广告部主任的位置，我一点也不喜欢那个位置，更加觉得自己干不了。她就认为我不求上进，人家男人不是升官就是做生意发财，大把大把地挣钞票，换了房换了车，还南京上海到处置房产。你呢？儿子眼看读高中要择校，钱从哪来？将来要出国，你这收入能供得起吗？我说房子住得好好的，要换什么？儿子考到哪儿就在哪儿读，非要出什么国……

好吧，最后的结果是，周舟因为不思进取，不想着换房换车，就被妻子换了。周舟觉得挺好的，结婚十几年终于奇妙地在离婚这一点上达成了共识。

唯一令他难过的是，每一次看儿子，都要征得她同意。

三

春天来了，天开始白得很早，黄昏也变得绵长。

跳早场的人多起来，跳个舞，然后去上班，时间也刚刚好。秃顶男跳到最后，总是挥汗如雨脱得只剩一件丑陋的棉毛衫，好像这里成了他家的卧室。周舟觉得自己每回都要忍很久，才能控制住上去揍他一顿的冲动。下午没什么事，他会早点溜达过去，落日的余晖停在女贞树后，像一团混混沌沌的蛋黄，一点一点不动声色地被吞咽消化。大堤下面的许多杂草丛中冒出耀目的紫色地丁花，以及金色的蒲公英。从窗口看出去，烂尾楼的几处断墙和空荡荡的窗台上长着一丛丛迎风摇曳的狗尾巴草，野葱花也在那里安了家。周舟看着，每次都忍不住要看很久，希望那里真的出现一个红衣红裙穿红色绣花鞋的女人。

女人们穿得少起来，黑色跳舞裙搭配一件薄衫，就连旋转也变得美丽轻盈赏心悦目。有时候，从开得过低的领口，不经意间，他会看到她们丰满的或者干瘪的乳房。但是这一切，已经很难再让他产生冲动。有时候，周舟甚至考虑要不要去看医生，他想自己是不是低估了一场失败婚姻可能产生的影响？他疑虑地发现，自己正在渐渐丧失一个男人面对异性时应有的兴致。他记得，就在两年前，他还差点喜欢上自己的舞伴。他们在一起跳过很多很多舞。她瘦却性感。她爱穿一件湖蓝色的丝质连衣裙，衬得眉眼皎洁明亮。大家都知道的，舞池有时候会很拥挤，如果你见过寺庙门口的放生池，游客投食时众鱼齐至的景象，就是那样的，密不透风到缺氧。如果再游进来几对新手，时不时就会撞上。有一次，为了躲避这种碰撞，他把她往怀里带了一下，用力有点大，她的胯部正好撞到他的大腿。她身体僵硬了一下，然后慢慢红了脸，一直红到耳根，像胭脂晕染在海绵上。周舟感觉到怀里女人微妙的变化，他的身体竟瞬间有了反应，就在那一刻，那个异常拥挤的舞池里。可惜的是，没有等他采取下一步行动，她就消失了，再也没有来过。舞厅里总有许多惊鸿一瞥的女人，她们出于这样那样的原因，不再来跳舞，或者说不被允许来跳舞了。

女人总是这样，你不知道她们脑袋里想些什么。

冷宝珠决定跟丁晓川去上海参加一个国标舞集训。他们经常出去参加培训的，少则五六天，多则半个月。丁晓川说自己只要一段时间不出去学习，就会感觉很焦虑，怕是又要落伍了。丁晓川开这个舞蹈工作室赚的钱，有很大一部分花到学习培训费用上，能不能养活老婆孩子还两说。

老俞说，你不知道吧，冷宝珠离婚了？

呃，离婚了？周舟奇怪自己语气里的惊讶。

接下来，老俞八卦了冷宝珠的一些事。归纳起来大概是这样的：

丁晓川刚开舞蹈工作室那一年，冷宝珠偶然跟朋友来玩。他带她跳了一支舞，她就决定来学国标了。大多数女人都是在不知不觉之中，如此被俘虏的，这个一点也不奇怪。晓川说她身材条件好，悟性高。冷宝珠刚来的时候比现在胖一点，二十八岁，还像个刚出校门的女大学生。她其实嫁得不错，丈夫在南京开个公司，公公是个不大不小的官员，她自己在血防站做会计，虽然没有编制，但待遇跟正式人员一样。本来，公公是有信心在退休之前，把儿媳妇的编制问题解决掉的。没想到他们离婚了。这样说起来，离婚和失业，看起来是两件事，放在冷宝珠身上，其实就是一件事。

刚开始来跳舞，家里人倒也没反对，反正是锻炼身体，有的人去跑步，有的人去练瑜伽，都好过打麻将。没想到，冷宝珠过于痴迷，花在跳舞上的时间比上班还要多。每天早上六点多钟就来工作室，有时候从下午一直待到很晚。周六周日，基本上也是耗在这里。每周有四个下午，周六周日两个上午，丁晓川都收了学生要上课。这些年，冷宝珠基本上是他唯一的和得力的助手。很多时候，他离不开她。这样一来，家里就有怨言了，孩子孩子不问，家务家务也不做的。单位也有意见，经常请假，而且经常不请假就不去上班，有时候到南京上海参加培训，一去就是一两个星期。后来不知怎的，她老公杨路听到了一些风言风语，大概吵得很厉害，下了最后通牒，要不就离婚，要不你继续跳舞。

冷宝珠的个性，自然是不会服软的。于是就只有离婚一条路了。有人说杨路抓到了证据，也有人说杨路做了手脚，反正最后的结果是冷宝珠净身出户，搬回了自己寡母家里。离婚后没几天，单位就通知她不用去上班了。

老俞说，这冷宝珠看上去聪明，实际是傻到家了，她哪里斗得过杨路。我是知道的，这杨路生意做得不要太好，钱嘛不要太多哦。很难说，他是不是瞌睡来了碰着个枕头，正好换个更加年轻貌美的，嘿嘿……

这么有钱，让女人净身出户，嗳，不地道。周舟摇摇头。

老婆红杏出墙，哪个男人能忍？

这个嘛，谁也没有看到什么吧，跳跳舞，难不成真就跳上床了？

这冷宝珠和丁晓川就那么清白？嗳，在一起跳了五六年，难保不会日久生情。再说了，如果真那么清白，晓川老婆能无缘无故跑来打她一巴掌？

什么时候的事？

去年啊，你不知道啊。

晓川老婆？就那个幼儿园老师？胖乎乎的？

不是什么幼儿园老师，听说是个保育员。

哦……

舞池那里亮了起来，激光灯慢慢旋转着，乐队奏起《友谊地久天长》。乐队几个人是丁晓川的朋友，他们偶尔会来这里助个兴。舞池在灯光和音乐中慢慢充满了朦胧的雾气，飘浮着似要升空而去。跟往常一样，丁晓川和冷宝珠开始跳第一支舞，她穿一件宝蓝色修身连衣裙，本来就腰细，越发显得纤长挺拔。她没有盘头，漆黑如丝的卷发悉数趴在肩上，收腹挺胸头部微仰，像电影中的女主角那样优雅妖娆。她穿半高跟舞鞋，跟他相差正好七八公分左右，是国标舞男女舞伴的黄金身高比。

他们每次跳华尔兹，都会令周舟想起电影《安娜·卡列尼娜》。安娜与沃伦斯基那一场十分经典的共舞：华丽而拥挤的舞池里，他们旁若无人地旋转飞舞，轻盈如飞鸟投林游鱼入水。所到之处，所有人，所有声音，所有灯光，所有音乐，都为他们而定格静默。他托着她，缓缓旋转向上，是一组慢镜头：四目交接，鼻尖相触，双唇相对，几乎已经吻上了。周舟至今记得，坐在黑黢黢的影院里听着男女主角细微微的喘息声，以及由此而散发出来的爱和情欲的味道。一如此刻，正如眼前。

老俞又点了一支烟，老于世故地说，跳舞就跳舞，像我们这样，纯粹消遣。他们心太高，老惦记参加大赛，整天念叨什么黑池白池的。他们也不想想，能走上英国黑池国标舞赛场的，哪个人不是会走路就开始学舞了？这个晓川也是，带着冷宝珠非要往南墙上撞。

周舟没有说话，小心不让自己掉进感伤这类多余的情绪里。他眼前出现冷宝珠独自练功的一幕，站在镜子跟前孤独地一遍遍地走着基本步法。她抬起双臂，头部微仰，眼睛注视着左手手腕方向，是华尔兹四方步，一遍一遍，不厌其烦，前进左足并换步、前进右足并换步、后退左足并换步、后退右足并换步……

四方步看似容易，实际上，重心的把握，支撑腿的控制，身体的升降和摆荡，都非常难掌握。她一来，镜子前那些企鹅一样蹒跚学步的女学员都停下不敢动了，艳羡而又不无嫉妒地看着她。

四

后来发生一点事，周舟有好一阵子就没去跳舞。

说起来有点费劲，他的徒弟小兮，报社新来的年轻人，一个东北女孩。她一直对他有那么点好感，或者说暧昧。周舟不能确定，反正是那意思。或许是因为离家远，觉得孤单，或许就是因为好玩。小兮甚至半开玩笑地跟他说，周老师你怕什么，我又不会找你结婚。后来，她不知听谁说他离婚了，愈发起了劲。上班跟着他，下班也跟着他。报社把她指给他做助手实习实习，上班确实应该跟着。下了班，她一小姑娘整天跟着半大老头子，算什么事。周舟心想，我惹不起还躲不起吗。

他没想到，小兮竟会跑到晓川舞蹈工作室来找他。那天他有事没来，舞厅光线又暗，人又多。小兮就让管音响的小伙子喊一嗓子。小兮笑嘻嘻地告诉他，音响师喊的是：周老师在吗，周舟老师，有一叫小兮的美女找你。这下好了，大家都不跳了，围过来看笑话。老俞更是乐得不行。

就因为这事，大家没事就拿周老师取乐，弄得他不好意思去了。

周舟硬着头皮跟小兮谈了一次，我没有洛丽塔情结，对小姑娘没兴趣。再说，我现在正处于情感厌倦期，别说女人，看见母鸡我都想踹一脚。你还是离我远点，别什么时候误伤了你……

从上海回来后，冷宝珠看上去心情好了很多。

周舟认得出那种表情，跟自己的过去告别，就像把自己劈成两半，一半要弃之如敝屣，一半要苟延残喘。

周舟点了一支烟，又递给她一支。她不好意思地笑笑，摇了摇手。

她说这回去上海培训，就一鼓作气报了年底的全国国标舞大赛，八月要参加华东地区的选拔赛。

周舟有些诧异，真要参加比赛?

嗯。就参加这一回了，算是给这几年的学舞画个句号，我答应我妈和儿子了，参加完这次比赛我就不跳了，好好地找个班上。

不跳也没必要吧，就像我这样没心没肺地跳跳。

她眯着眼睛，看了看他说，好啊，就像周老师这样没心没肺地跳跳。

她转过身，推开玻璃窗。爬山虎长势很好，已经给整面窗户挂上了绿色的珠帘。她自言自语说，咦，今年这么早，爬山虎都开花了。

她掌心团着一小团茸茸的浅金色，吹一口气就能化了。一束灯光正好打在她脸上，眉宇间竟还有细细的绒毛的影子。三十三岁，她看起来还要更年轻一些，人生应该有很多可能和期待。

冷宝珠订制了价格昂贵的比赛服和舞鞋，是个什么英国牌子。鞋子寄来的那天，一群女人围着看，不时发出啧啧的惊叹声。这些人，平日里都不太喜欢宝珠，漂亮女人的冷傲，是对周围女人的漠视，注定是要受到排斥和孤立的。但是自从她离婚又失业以后，她们又对她好了一些。难说谁是出于同情，谁又是抱着看笑话的态度。

那是一双红色舞鞋，非常漂亮。令人惊艳的镂空绑腿设计，鞋面手工镶嵌着一粒粒耀眼的水钻。她穿了起来，原地转了几圈，小羊皮华贵又优雅的质地在激光灯下静静散发光芒，红色的带子交叉缠绕上脚踝，性感而媚惑的姿态呼之欲出。不知道为什么，他的眼前反复重叠着出现安娜和冷宝珠的脸，她们随着音乐旋转，她们抬手踢足，她们对着人群微笑，那是怎样的笑？倔强、热烈、绝望而又不顾一切……

那之后，冷宝珠开始备赛。每次看到她，她都是在跳舞，要不就是对着镜子练习枯燥的基本功。老俞说她在玩命，每天练习十几个小时，回到家一个人对着穿衣镜跳。她明显消瘦下来，脸色也有些黯淡，漆黑的发丝高高盘成一个发髻，背影总是孤独而倔强。还是那样，不大理人，不大爱笑。除了跳舞，还是跳舞。

他想起她说的话，参加完这次比赛就不跳了，好好地找个班上。他记得她一脸郑重的神色。

天气热起来，爬山虎开了许多细碎的黄花，结了一层鱼眼睛珠子那么小的绿果子，珍重地藏在叶与叶的缝隙。每次走过墙下，周舟都会忍不住摘一粒果子，慢慢地一路上楼，留在指间把玩许久。

谁也没想到会发生那样的事情。

她母亲清早买菜回家，发现宝珠还闭门睡着，这是没有过的事情。她母亲去叫她，发现她已经不省人事。送到医院时，医生摇头叹息说太迟了，心肌梗死，早就没有呼吸了。

下葬那天，一块跳舞的一帮人去送她。她订制的摩登舞裙那么巧正好寄到了家里。那是一件黑色抹胸雪纺长裙，后背镂空，蕾丝下摆，设计简约而优雅。你几乎能想象她穿上裙子的样子，如果再配上那双美丽的红舞鞋。

她母亲哭了，这新裙子一天也没穿上，你喜欢的，就都烧给你吧。

五

周舟以为晓川会关几天门，或者消失几天，但是没有。

其实，谁也没有权利非议谁，谁也没有权利审判谁。大家都一样，习惯性地就往舞厅去了。大堤下面生出白色的芒草，苍茫茂密，足有一人多高。芒草丛里又开出大片大片的紫色牵牛花。牵牛花一路攀缘，沿着针叶松粗大褐色的树干爬到很高的地方，开出花来。七月末了，丁晓川没提国标舞大赛的事，谁也没有提。

周舟和老俞，倚在窗口一支接一支抽着烟。晓川跟往常一样，四处忙碌着，他没有太多情绪的表露，再说，他本来就是个没什么表情的人。这个舞蹈工作室并没有因为少了一个常客，而有任何变化。大家都努力地过着自己的日子，该跳舞的跳舞，该调情的调情。每一晚，每一晚，循环放着那些熟悉的曲子，来跳舞的人没有更多，也没有更少。

他们沉默地抽着烟。老俞忽然说，什么声音？他侧着脑袋，像猎狗似的绕着尾巴原地转悠了几圈。

能有什么声音，里面吵吵的。周舟弹了弹烟灰。

不是，是这里。你听听，还有节奏。

周舟凑过去，听了听，好像高跟鞋的声音，敲在钢板上，锐利如刀。他无意识地学着老俞转了一圈，似乎是从储物柜里发出来的。

他疑疑惑惑地说，大概谁的手机吧。

不是手机，老俞敲了敲1号柜，又贴耳过去听了听，肯定地说，就是这个柜子。

半明半暗的灯光中，他感觉自己的心一凛，1号柜是冷宝珠的啊。

老俞说，这谁的柜子，真他妈奇了怪了。

里面换了一首《友谊地久天长》，柜子里的声音随着音乐发出嘣嚓嚓、嘣嚓嚓的节奏声，就像一个人穿着高跟鞋在柜子里跳舞。

周舟感觉自己手心开始出汗，下意识地伸手去拽那把小小的金色挂锁。不知道是锁坏了，还是根本没锁上。门打开了，柜子里赫然立着那双美丽的红舞鞋，正无比诡异地独自起舞，嘣嚓嚓，嘣嚓嚓……每一步都准确而轻盈地应和着节拍。

老俞的大脑袋凑过来，然后是他张大的嘴巴。

这是真的，他们肩并着肩头挨着头，目瞪口呆地看着那双翩翩起舞的红舞鞋，他们什么也做不了。

跟着蒲公英去埃及

一

么么失踪的第十五天，她开车出门转悠，想着碰碰运气。也不知怎的，就转到了市郊的玉带桥。

桥那边，一水之隔就是柳树湾。她好几年没来了。本地新闻上都称它为什么什么湿地公园，她也记不住，还是习惯称为柳树湾。

大概因为是礼拜六，桥这边的广场上三三两两的有些人：放风筝的大人小孩，散步的，遛狗的。大大小小有七八只狗，却没有一只猫。她想起女儿在作文里写的，每个喵星人的心里都住着一个骄傲的哲学家。花坛的水泥台阶上勾头坐着两个渔民样的小贩，地上摊着银鱼干和小刀鱼干，风里飘过来一阵阵淡淡的腥味。这两样，都是么么最爱吃的。想到这点，她觉得心里一阵刺痛，好像心脏的某个地方凭空缺了一块。

慢慢走上玉带桥，整个柳树林都殷勤地弯腰朝她迎上来，无数虬曲苍劲的黑色树干上起着一层淡淡的绿烟。风有些大，阳光实在是好，她眯起眼睛。春天总是这样，似乎充满无限希望和可能。

么么一定不会跑这么远的，它那四条小短腿。她叹了口气，目光还是忍不住在树林里寻寻觅觅。三年前，女儿从同学家里抱回一个粉嫩的小肉团，好像才刚能睁开眼睛，毛茸茸地缩在鞋盒子里。她当时很嫌弃的，压根从来没有想过要养一只猫。女儿又哭又闹，跟她绝食抗议，陈爱莲，这个家里，有我就有它。

大半年前，女儿考取省城最好的初中读书，一个月才回家一次。么么的事，她还没想好如何跟女儿交代。

不知道走了多久，林子越来越深，蒿草已近齐膝，各色野花儿欲漫上脚背。水泥路走到了尽头，再往前走就是砂石路或者坑洼板结的土路。林子里散落着一些人，他们匍匐在地面，与柳树蒿草等融为一体，像一朵朵安静的蘑菇。湖边三三两两的有些人在钓鱼，只看得见他们肃凝的背影。林子太大了。她听苏志文说过，市府意欲逐步将其打造为一个生态休闲旅游度假区，并在柳树湾与翠微山之间规划一座桥。他主管城建规划，语气里有种掩饰不住的志得意满，像一层油似的浮上水面。她的思绪却游移开去，想到一些别的事情。十多年前，他们在同一所郊区中学任教，离柳树湾很近。那时候这里没有一条像样的路，没有路灯，没有广场，没有玉带桥，柳树湾就是一个四面环水的滩涂，生着近万亩几十年，甚或几百年树龄的黑柳树。晚上人迹罕至，坊间不时传言说这里发生打架斗殴和抢劫之类的事件。爱莲认识的一个美丽的女孩子失踪很久后，被发现溺死在柳树湾的湖边。爱莲总记得她喜欢穿一件娇俏的白色短呢大衣，戴一顶当时流行的桃粉色贝雷帽。没有人知道她是自杀还是他杀，事情被议论了一阵子，最后终归还是不了了之。从那以后，在爱莲的记忆里，柳树湾被染上一层神秘而诡异的色彩。

爱莲痴立了一会儿，在一棵呈二三十度倾斜，几乎匍匐于地的大柳树上坐了下来。林子里有人直起腰来，露出她黑色多皱的额头，耷拉下来的嘴角。爱莲笑着问，阿姨，你们在做什么？

嗳，姑——娘，我们在挖野菜。这林子里什么都有，蒲公英，荠菜，野芹菜，蒌蒿……

爱莲心里动了一下。姑娘。她离这个词多远了。二十年前，她确实是个怎么样都好看的姑娘，苏志文喜欢约她到这里。好像谈恋爱的人都喜欢这个地方，大约越是冒险越有犯忌的快乐。黑咕隆咚的晚上，他们深一脚浅一脚地散着步，然后在更深的黑暗处哆哆嗦嗦地拥抱在一起，不知道哪来那么大的热情，他不厌其烦地探索着她的身体。他咻咻的鼻息，像绝望的兽，也像急性发作的哮喘病人。大白天的她站在讲台上上着课，他夹着讲义从窗外经过，他假装不经意地瞄了她一眼，眼睛里蹿起两簇火苗，她给他一瞄，几至灵魂出窍。从精神过渡到身体，只觉得轰的一下子，露在粉白掐腰短袖衬衫外面的胸脯胳膊一起熊熊燃烧起来，烧得不可收拾。

二

她蹲在林间草地上，右手握着一把美术剪刀，银色的刃口顷刻开合，一株翠绿肥美的蒲公英就顺势躺到她的右手掌心。这是一片临湖的斜坡，阳光正透过高大粗壮的柳树枝头照射下来，蛋黄一样的色泽倾泻在草地上，斑斑驳驳的哪儿哪儿都是。她整个的人被包裹在那蛋黄里面。

爱莲也不知道为什么，竟跑来采蒲公英。

那天回去之后，她发现周围的人都在谈论和食用野菜，人们对野菜的崇拜正如对死亡的恐惧。学校里有个男老师说是一直在喝蒲公英泡的水，治他的风湿症。办公室的陶姐晃了晃她的玻璃茶杯，爱莲，我喝了大半年了，你竟不知道？杯子里绿意森森，细看果然有小朵的降落伞样的花蕊。

爱莲哦了一声。她一向后知后觉。

蒲公英对女性乳腺特别好，我这里做过一个小手术的。陶姐伸出一根兰花指拂了一下她那裹在黑色低领羊绒衫下面的傲然的胸，又压低声音补充，我这情况，那方面不和谐，容易长结节啊纤维瘤的，哪像你夫妻恩爱的。

办公室里还有两三个男同事，爱莲脸红了一下，不知道是因为她的话而羞赧，还是根本是自己心虚。陶姐是个打扮妖艳言语大胆的女人，虽然单身七八年了，但她身边却从来不缺少男人。爱莲张了张嘴，却没有说出来。她一直有乳腺增生，两年前彩超发现有个小的结节，医生轻描淡写地说，十个女人八个有，小的不碍事，大了就开掉。爱莲后来想到，西医的主张有时候像个流氓，不肯承认自己无能，却偏要强词夺理。

林子里蒲公英实在太多了，也好认，举着明黄的小花，牵牵挨挨地挤在一起。光照好的地方已经开始结籽，变成白色的绒花。一小会儿，帆布包里就装了半包。剪刀不太趁手，食指都磨红了。

她停了下来，有些伤感地看着包上的么么。帆布包是她自己做的，图案是用铅笔画上去，然后用丙烯颜料着的色。爱莲用这种方式把么么复制了下来，它却自己走了。她记得，当时她正在阳台上晾衣服，么么下巴搁在两只前爪上，正对着新开的一盆茉莉发呆。它那两只绿得发蓝的眼睛楚楚动人，那种蓝温柔如天鹅绒，瞳孔深处却又泛出深邃夺目的金。她擦干净手，随手取了画板画了下来。么么失踪十八天了。爱莲始终不认为么么会死，猫有九条命，再说么么是个妙龄女猫，离死亡还远着呢。他们住一楼，么么一向出入自由，那几天老有一只健壮剽悍的黑猫来找么么，在后窗外的香樟树上叫得凄厉而多情。不见么么的第二天，爱莲就在朋友圈和社区论坛发了照片和寻猫启事，陆续有陌生人打来电话，爱莲看了七八回野猫各种惨死的照片，回来吐得一塌糊涂，终于黯然删帖。她要自己相信，么么一定是听从内心的召唤，跟着情人私奔了。

过了好几天，苏志文才想起来问她，么么呢？

爱莲一时愣住了，她这么惊天动地的寻找，他居然没有察觉。最重要的是，他竟然忽略了她的朋友圈。他们相对坐在早餐桌上，爱莲被一口杂粮稀饭呛住了，她大口喝着凉水，眼角沁出几滴泪。没什么好奇怪的，他一向是这样。他们婚后有过一段漫长的磨合期，经常因为某些琐事而争吵。有一回她哭着摔门而出，在深夜的街头踟蹰，她悲愤地设想了各种死法，投河跳楼撞车。当然她并没有死，她推开家门后，发现他正酣然入睡。她感觉心脏那里冷了一下，她呆了半晌，终于颓然地对着镜子笑了笑。

人人都在变，只有她还留在原地。他不喜欢她画画，尤其不喜欢她跟画画的人接触，她也就退出了那个圈子。她正经八百画过一阵油画，加入过美协（现在也没有退出），跟那些人活动过几次。她发现，他们中的男人喜欢留胡子蓄长发，他们中的女人以抽烟喝酒为时尚，满口谈的却非艺术。人人都绞尽脑汁想着办画展、出书和得奖，个个咬牙切齿地痛骂某个大咖评委某个出版社编辑在搞潜规则。人家得奖都是潜规则，可是爱莲看出来了，只要有机会，这些人肯定巴不得被潜规则，有钱出钱，没钱的还有一具白生生的肉体可堪供奉。什么操守，能上秤称吗？能卖钱吗？

爱莲现在画些简单的线描，如果说油画是小说，线描就是简单而纯粹的诗句。爱莲走到哪里都习惯性地带着速写簿和铅笔，她陆陆续续画了二百零六幅植物花草。喜欢线描的简单，也正因为简单反而有许多可供怀想的余地，就像一缕风一片云一阵雨一点阳光。

苏志文有回喝了酒，手指叩着餐桌斜睨她，你以为你还是那个可以背着画板去流浪的女生？

他不喜欢她不变，就像她不喜欢他的变。他们恋爱后他就进了市府做秘书，他说自己是政治老师，迟早要学以致用。她想不出什么理由反对。他仕途走得很顺，一度是本市有名的政治明星，四十岁就走马上任做了副市长。熟悉的人都认为，她是应该夫荣妻贵的。她说不出那种感觉，就是常常觉得很陌生的感觉。有一次她开车途经迎宾馆，远远看到一群人簇拥着他从旋转门里出来，曾经棱角分明的脸撑圆了，头顶一个狭长的花尖，双手背在后面。她愣了一下，松了踩油门的脚，他看上去像个陌生人。可是另外一方面，他和他们多么相像啊，微腆的小腹，半秃的头，脸上日积月累而泛起的油光，宛如一个模子里拓出来的。她想起不知哪本书上看到的，他们是一种面貌趋同笑容标准步伐一致的被称作官员的寄生物。

三

林子里有好些鸟，婉转鸣唱，令人喜悦和安静。太阳向西移了一点，光线没有先前那么明亮了。她眼睛的余光捕捉到，右后方多了个女人的身影，只见她动作娴熟地用一只尺把长的小铲子，轻轻地向前一送，再往回一钩一带，像搂孩子一样，一大丛蒲公英就深情朝她怀里依偎过来。她利落地抓起那些蒲公英，飞快地拣出其中的杂草野花，扔进身边的篮子。她抬起头，友好地对爱莲咧嘴笑了笑。女人留着齐耳短发，穿着一件樱桃红颜色袖子上带白杠的冲锋衣。

你用剪刀太慢了，还不如用手拔了，蒲公英的根也是好东西，清热解毒。

爱莲也笑笑，反正不着急，弄多少是多少。再说留个根，它还能发一茬吧。

一看你就是城里人，没干过这些活。女人颇有见识地下结论，补充说，这东西泼皮着呢，怎么铲怎么拔，哪怕一把火烧了，该长它还长。

哦。爱莲怔了怔。

你弄了自己吃吗？

嗯。爱莲犹豫了一下说。

我是弄给产妇吃的，这东西下奶特别管用，出院几天了，两只奶子胀得像铅球，痛得眼泪巴沙，就是不下奶。这不喝了两顿蒲公英煎水，就好多了。主家太太说费这功夫干吗，到店里买点得了。嗳，店里买的哪有野生的好？好不容易哄孩子睡着了，我溜出来弄点。我真是看那孩子可怜。她叹息着摇摇头。

爱莲住了手，犹疑地看着她。女人心直口快地继续说，我是做月嫂的，不是看这产妇可怜，我真不想挣这份钱，才二十岁，自己还是孩子呢。算起来，比我女儿还小四岁。也是她自找的，跟了这个浙江老板，以为能享点荣华富贵的，没想到被老板太太发现了，又怀了孩子。太太从浙江老家赶了过来，一个要赶女孩走，一个坚决不肯。太太退了一步，同意让女孩生下孩子走人，作为补偿给女孩一笔钱。他们结婚多少年了没有孩子。说好的，孩子满月就走人。

有这事？爱莲惊讶。

可不，如果不是自己撞上，打死我也不信，跟演电视剧似的。

生的男孩还是女孩？

男孩。还有十来天就满月了。女人叹口气。世上稀奇的事情多着呢，我上一个帮佣的人家，是个三十岁不到的女人，生得高高挑挑的，有个读小学的女儿。女人不大学好，经常上门的有个光头，长得凶神恶煞样子，两只手臂上文着两条青龙。女人有一回喝醉了酒告诉我，她之前也是安安稳稳在厂里上班的，老公赌钱欠了高利贷跑路了。这个光头天天上门来要债，她拿什么还呢，只有光溜溜一个身子。一来二去，就甩不掉了。

爱莲木木的，像听故事。

那她，就跟那光头，要高利贷的，一起过了？

什么叫一起过啊，除了他，她还有别的男人。女人啊，走上这条路，基本上就回不了头了，只有越滑越深。

可她还有个女儿啊？

嗳，你不晓得，真是叫人看不下去，她撺掇女儿叫那些男人爸爸，就为了哄出些钱来花。跟着这样的妈，女儿长大了能好到哪儿去呢……

她说了这些话，手上却一刻也没停，篮子装满了。她伸手在上面压了压，嘴里说够了，够煎十来天了。篮子是那种红黄蓝三色塑编的，经常有人提了去菜场的。

她站了起来，揉了揉大概蹲得麻木了的腿，冲锋衣的袖子摩擦出某种坚硬和嘈杂的声响。

你肯定从来没听说过这一类的事，你看起来不一样的。她上下打量着爱莲，像个哲学家似的下着结论。然后她说时间不早了，走了。她拐过树林，慢慢淡出了视线。

林子重新静下来，鸟的鸣叫声重新沉静地落到耳朵里。她疑心刚才根本是个幻觉，那个女人去得跟来得一样突然。爱莲脑子里回想着她说的最后一句话，你看起来不一样。她不知道自己如何不一样？

女人右眉眉梢有粒痣，不是普通的黑色，而是那种黑里带红的深棕色，爱莲有把握下次见到大概可以认出来。对了，忘了说了，爱莲是个脸盲症患者。医生说脸盲症又称为“面孔遗忘症”，有很多显性和隐性的患者。症状有两种：一是患者看不清别人的脸；二是患者对别人的脸型失去辨认能力。爱莲属于后者，还好，不是那么严重。

有好几年了，她发现自己记不住人，具体说是记不住人的脸。明明认识的，隔天就毫无印象。有时候吃过几次饭了，再次见面时她要不形同陌路，要不就是张冠李戴。

她后来仔细想过，有段时期苏志文带她认识了太多人，上上下下的领导幕僚。大概从那个时候开始，她渐渐有了脸盲的症状。那段时期对苏志文来说大概有些重要，他费了很多心思带她出入各种场合，参加太太们的聚会。他的理论是夫人社交把握得当，会有意想不到的作用。刚开始收效不错，他告诉她那些人夸她长相出众气质不俗。

后来，他就放弃了那样的努力。因为她总是认错人，引人不快。她没办法，只得选择沉默。可是沉默照样得罪人。人家开始说她清高。

爱莲告诉苏志文，自己大概是得了脸盲症。苏志文笑了笑，从鼻子里冷哼了一声，脸盲症？哪来的高级发明，你画的那些野花野草，在我看来明明长得一模一样，你却能说得头头是道，什么叶子长啊圆啊方啊的，开出的花又是如何如何，这怎么解释？

她被他说得哑口无言，他总是对的。她于是真的不再解释。

四

在她没有察觉的时候，黄昏悄悄来了。树林里的黄昏呈现着一种被绿色中和过的黄色，无比柔软的黄色，大地被镀上一层闪闪发光的金边。湖边起了雾，薄薄的一层奶油。太阳晒了一天，青草散发着淡淡的腥气。林子里除了草，还有许多花，野荠菜抻着瘦长的脖子，开出细碎的白花，远看像浮着一层白色的蕾丝。点地梅是粉色十字形小花，星星点点地藏在草丛里。苦苦菜的黄花有点像蒲公英，它晒干后的枝叶有淡淡的脚臭味道。鸡矢藤的名字不大好听，花却好看，紫白相间的花瓣，狭长的柱形花茎，没有来由地令人觉得珍重自持……

一切犹如梦境，空气中有淡淡的舒服的凉意。爱莲情不自禁地从帆布包的侧袋里拿出速写簿和铅笔，开始涂涂画画。她画画时总是像变了一个人，嘴唇紧紧地抿在一起，狭长的眼睛因为专注而眯起来，好像要把眼前的表达对象全部装进眼眶里，脑门上露出两道像等于号似的抬头纹。她先是勾勒了林子、青草和野花，然后是隐约的蓝天白云，以及蒲公英。她想了想，又画了幺幺。幺幺背对着画面，正在追逐着一朵飞翔的蒲公英花朵。

画画好了，她把它搁在一棵树的旁边，审视般地打量着。她不知道诗人们写诗是怎么样的，她喜欢隔一会儿，有时候是一天或者几天再去修改。

她坐在草地上，看着树下的幺幺。幺幺的母亲是一只充满野性的埃及猫，有着神秘的褐色点状虎斑花纹。据说埃及猫是最为聪明的贵族猫种，有着优雅矜持的女神气质。猫与人类的亲密历史被认为应该是自古埃及始，在埃及可以看到许多猫的画像、壁刻、雕塑，以及木乃伊。埃及是所有猫的原乡。

那么，么么是去寻找自己的原乡了吗?

不远处的湖边多了一个钓鱼的男人。这个人的出现，让爱莲吓了一跳。他好像是凭空或者是从那淡蓝的湖水里冒出来的。一只雪白的加菲猫在他身边上蹿下跳，显得十分兴奋。加菲机敏地注意到了爱莲，像团雪球似的飞奔过来，一点儿也不怕人，围着她转来转去。养猫的人身上都有某种气味，猫们识得。

玩了一会儿，加菲弓起身子，对着帆布包又是龇牙咧嘴又是吹胡子瞪眼睛，做出各种挑衅的姿势，原来它的假想敌是帆布包上的么么。爱莲哑然失笑。

爱莲的目光转向湖边的男人，他戴着一顶黑色的棒球帽，上身穿一件墨绿色连帽卫衣，后背有一串白色的英文字母。他的侧脸瘦削而棱角分明。帽檐在他脸上投下一圈恰到好处的阴影。怎么说呢，他给她一种洁净的感觉。她觉得自己应该没有见过他。但是她没有绝对的把握。

棒球帽打开一个灰色的箱子，里面装着各种钓鱼的工具。他先是用一根黑色的抛饵器投了些鱼饵到湖心，然后坐下来整理箱子里的东西。他拿出钓竿和看上去五颜六色的线盒，慢条斯理地装好两根鱼竿，又拿出一只芥末绿的水桶和一只同色马扎。爱莲认得那些东西，她父亲生前算得上是个资深钓友。

做好这些，棒球帽不知道唤了一个什么名字，加菲耳朵抖了一下，飞也似的朝湖边滚去，半路上又停了下来，傲慢而又冷艳地看着主人，像所有备受宠溺的猫们，喜欢考验主人的耐心。棒球帽大踏步走了过来，手上多了一根柠檬黄的牵引绳。

爱莲低下头，凝视手上的速写簿。一小会儿，他的身影移过来，慢慢和她的重叠在一起，加菲已经被他牵在手里。他站在她身后，她感觉到那种没来由的压迫感。

她裸露的颈项光洁修长，那是一段通往女人身体禁区的过渡，具有无比的诱惑力。这话是爱莲的大学同学乔乔说的，这会儿忽然莫名其妙地浮上爱莲的脑海。他看着她的画，大概也在看着她，她的脖子，她的头发，她的身体。她脖子上戴着一枚母亲留给她的翡翠挂件，母亲说从小给她算过命，算命先生都说她要佩玉，才能保得平安。她想到，深咖色编织丝线映着她白皙的肌肤，大约是好看的。白色的鸡心领羊绒衫外面搭一件烟灰色麻花辫毛线厚外套，最能衬托她温婉又随性的气质。乔乔总是说，爱莲你穿毛线外套怎么都好看。

时间好像凝滞了一小会儿。他终于开了口，嘿，一只飞翔的猫。

她终于像得到了救赎，微微扬起头说，这是么么，它失踪了，十八天。

么么？这么巧，它叫那那。他晃了晃手里的牵引绳，声音有一丝惊奇。

那那？那么的那啊。

嗯，那么的那。

两人一齐笑了。她注意到他下巴上有个小小的不易察觉的疤痕，可能是小时候磕破的，也有可能是后来划伤的。她想他是个陌生人，她确定自己会记得这个陌生人，帽檐下闪烁的眼睛，深深的法令纹。他应该介于三十五到四十五岁之间。

怎么丢的？

不知道为什么，下班回家它就不见了，找了很久。她被一阵伤感抓住了。

也许跟朋友出去玩了，过阵子它自己就回来了。他安慰她。

也有可能跟情人私奔了。她说完了这句话，像是意识到什么，一阵红晕，把她整张脸都染红了。

他似乎并没有在意，认真地端详着她的画说，画得很好，简洁而有韵味，你是个画家？

噢，画着玩的，我只是个美术老师。

爱莲不习惯跟别人讨论她的画，尤其害怕别人称她画家，那会使她觉得困窘。她试着换个话题，你经常钓鱼？

嗯。

夜钓？

是的，夜钓。

带着那那？

是的，带着那那，夜里冷了给它搭个帐篷。

我父亲也喜欢钓鱼，他钓回来的鱼家里都吃不完，送给左邻右舍。

哦。

前年，他走了。心脏病。

这样啊。他不知道说什么好，他的眼睛变得很亮，紧紧地盯着她的眼睛，带着某种安慰和鼓励。

爱莲跟他对视一眼，移开了目光，她想起一个心理学家说的，跟人交流时不要紧紧盯着对方的眼睛，那样会使人有压迫感，最好的方法是看着对方的鼻梁位置，那样显得专注又不失礼。

她觉得自己有些反常。

就在这时，她口袋里的手机响了，是一小段微信提示音。他得体地打了手势，牵着那那，转身走向湖边去了。

是他的微信，他说下飞机了，一个小时后到家。他给她带了礼物。

他参加省里一个考察团去了美国一周，她怎么说也应该赶紧回去等着他，也许熬点他爱吃的杂粮稀饭，煮个杂鱼。他对她算是不错，维护和信任，鲜花和礼物，这些都不缺少。他年轻的时候很英俊，现在那种英俊随着体重的增加庞大变形，底子还在。她对他也是，同样的维护和信任，像亲人一样。

五

爱莲一夜都没睡好，做了许多稀奇古怪的梦。快凌晨了，听到苏志文轻轻开门、洗漱然后进了书房的声音。她睡眠不好，他又经常早出晚归的，就默契地分房睡了。傍晚，她从柳树湾开车回到家，匆匆忙忙煮了点稀饭，凉拌了一小盘蒲公英，他却放下行李就走了。市府有个协调会在等他，因为一个烂尾楼引发的集体上访事件，说是影响大到惊动了上层。她听到动静，起身掀开窗帘的一角，看到一轮下弦月泠泠地照在飘窗上，苍白得像水银一样。她依稀记得那个梦，她梦见他从背后拥抱着她，非常轻地，像是害怕把她吓着了。她没有动，也没有叫喊，她微微闭上眼睛，默默感受着那个怀抱。乔乔总是说她应该去谈情说爱。她说，你是女人，女人天经地义应该去爱，去被爱，永不停止。她觉得乔乔说的是另外的女人，不是她。

没有睡好，疲惫感又让她持续地没有睡意。她翻个身，把脸埋在枕头里。屋子里有些闷热，天气预报说是夜里有雨。他真的在夜钓？她想到夜钓的人装备都十分齐全，暗暗松了口气。她稍微努力一下，就想起了他的脸庞，高挺的鼻梁，帽檐下覆盖在阴影里的眼睛，不大却很亮，下巴上的疤痕，让他显得有些高深莫测。她甚至清晰地想起了他脚上那双 Hush Puppies 的藏蓝豆豆鞋，她记得那种反绒皮的鞋面和它上面的车缝线。

她有些不能置信，虽然这种情况也有过，但她已经好久不能如此清晰地回忆起一个陌生男人的轮廓。难道他，治好了她的脸盲症。她为自己心里不断翻涌的情感而深深困惑和感动。

闷热似乎让她身体里的疲惫感发酵了，她昏昏沉沉地听到自己的声音，你知道吗，不是乔乔说的那样，我要的不是性。

我需要一个人关心我的内心和灵魂，哪怕这样说说话呢。呵呵，是不是很可笑。

他轻轻拍了拍她的背，我知道，我知道，你把自己放在画里了，你就是么么。

她惊奇，你真的看出来了？她叹了一口气，是的，我是么么。可是你知道吗我有脸盲症，我记不住他们的脸记不住他们的特征，经常看过一眼就忘了。没有人相信我的话，连他也不信，他说我是因为清高。可是多么奇怪，我居然记得你的脸，我闭上眼睛也能说得出来。

我知道，我知道。他耐心地抚摸她的背，柔声安慰她。

疲倦，恍惚，以及淡淡的甜蜜注满了她的身体和全部意识，她就那样头埋在枕头里睡着了。

外面下起了雨，顺着阔大的飘窗缓缓往下淌，很快就变成了一幅抽象主义的画。

总有一些事情在摧毁我们的生活

一

三个男人，在山中庄园过了一宿。一夜无他，闲聊而已。不过闲聊之中，倒也有些有趣的东西颇可记述一二。

三个男人，一个我们姑且称他为诗人吧。诗人细皮白面，个头中等，架着黑框眼镜。诗人早已不写诗了，事实上，非正式场合诗人这个称呼颇为令他受用。怎么说呢，抽象，意识流，形而上，虽无益遮体，不足果腹，倒也偶尔可以用来平衡现实中的失意。诗人在市府上班，兼着一个什么研究室主任职务，干的是秘书的活。第二个是律师。律师高大壮硕热爱健身，据说尤为热衷床上运动，在律师界颇有美男子之称，但是切不可因此小瞧了律师的业务水平，他的雄辩与倜傥之名齐飞。第三个是博士。博士之名乃众人投其所好，至于真博士假博士无须认真。博士是个保健品公司的董事长，个子不高，一副金丝眼镜架在他肥而短的小圆鼻子上，竟让人看不清眼睛里的深浅。

这一日是博士做东，飨客酬宾，以志庄园落成之喜。庄园风格素朴却不失优雅，塔形尖顶，外墙别具一格地用了大量圆木装饰，前后阔大草坪，玻璃花房毗邻露天游泳池，葡萄架爬满藤蔓，门前十来株银杏已粗可合抱，显示着主人的匠心独运和谋篇布局。客人不多，餐厅疏疏落落摆了三桌，用主人的话形容，尽皆至交好友。客人们很是应景，知情识趣地参观赞美了一番，戒了几年酒的博士一高兴，破例喝了几杯红酒。

留在庄园过夜，在诗人完全是即兴之举。他本来已经准备上车。律师游说他，山里空气这么好，陪哥住一宿？他下意识地缩了缩肩膀，许多拒绝的理由争先恐后涌上舌尖。律师摆摆手，今天是周末，再说你老板都到欧洲考察去了，还不趁机放松放松？他微弱地抗议了一下，心里想到别的一些什么，等待他的司机已经得到指令缓缓驰出大门，十来辆车鱼贯而出，沿着山间公路逶迤而去。他恋恋不舍地举头看了一眼，车灯明灭像在山林中燃起一盏盏的灯笼。

博士引客人到楼上茶室喝茶。茶室很大，总有一两百平方米，顶上是彩绘玻璃构成的教堂式尖角。月亮又大又圆，贴在深蓝的天幕之下，倒像是绣花绷子裁出来的一块滴溜圆的雪白丝绸，连上面绣着的桂树都纤毫毕现呼之欲出。其下山峦森然起伏蜿蜒，沉默笃定。

三人一齐抬头看着窗外月色，博士不知按了哪里，顶上的彩绘玻璃徐徐打开，银华兜头浇下来，哗哗泻地如水。诗人这才发现，原来所处茶室是个天台，一面倚墙壁，其余三面以及穹顶尽皆玻璃。天台向外微凸，像半空里擎出的一只银色托盘。初秋的风凉凉的，露水下来了，河那边微微起着雾，慢慢氤氲过来，颇有几分雾失楼台月迷津渡的意境。

这么好的月色，怎么能没有酒？律师喝多了，红着脸嚷嚷，今晚索性都别睡了，反正天不亮就要上山，博士你不是约了寺庙住持听早课。诗人咱俩去看日出，说不定能拍几张好片子呢。

诗人笑笑，暗想原来如此。律师迷上摄影有一段时间了，风风火火置办了单反等一应长枪短炮。据说他在追求某个女人。女人是摄协副主席。

茶是好茶，诗人却只顾牛饮，酒喝太多了，他晃晃脑袋，想使自己清醒一些，又职业病似的不停去看手机。如果不是老板出国考察，无论如何他也没有空闲赴宴，更不可能悠游自在地留下喝茶。老板不是老板，老板是副市长。老板的秘书有四人，诗人是四人之首，其他三人主要负责文字材料，诗人算是贴身随从。贴身不一定贴心，诗人知道自己亏就亏在频繁换领导，前面服务的领导不是落马就是调走。老板履新半年不到，生性谨慎多疑，要想取得他的信任大概不那么容易。想到这个，诗人就觉得胸口有什么东西堵在那里，他忽然恼恨怎么留了下来，明明可以在家睡个好觉，早晨起来还可以从容不迫地跟老婆热个身。秘书如丫鬟，二十四小时待命。领导讲话，秘书是亦步亦趋在主席台放讲稿茶杯的那个人。领导出行，秘书是事无巨细安排行程车辆随从食宿的那个人。诗人眯起眼睛，他疲倦地发现，他已经想不起来一个身体嵌进另外一个身体是什么感觉了。福楼拜说的："享受人生的唯一方式是沉溺于文学，如同无休止的纵欲。"这两种都是他想要的生活方式，可惜他都无缘拥有。

律师轻呷一口红酒，微喟道，哥，你这房子多少人几辈子也修不来。

有的人就是不知足，一山看着一山高，诗人想到律师的市区别墅，停了一歇，却说，风水绝佳，风水绝佳。

想不到诗人你对风水还有研究，不瞒两位老弟，三年前我请了香港一个风水大师跑了许多地方，最后定下这一处。博士点了一支烟，微仰着头吐着烟圈，眼镜的金边在月色中发着泠泠的光，唇边挂着高深莫测的笑。

律师感叹，明摆着嘛，前有照，背有靠。

这倒不假，庄园前面临河，背后倚山。

不光是这个。博士怡然，确实跟前面这条河有关系，你们有没有注意到河水流经此地拐了个弯？

拐了个弯？诗人皱着眉头，谁注意这个呢。

大师说河水拐弯处，必有贵人出。博士不无得色，说这个弯拐得好，缓缓向内如环抱庄园，寓意福泽深厚。

河水拐弯处，必有贵人出。律师喃喃地重复了一句，好像是有这么个说法，我记得。河叫什么名字？

无名。

没有名字？诗人诧异。

河叫无名河。博士笑。

山呢？律师又问。

山亦无名山。博士答。

寺一定叫无名寺啰。诗人笑道。

二

手机响了一下，诗人条件反射般地飞快点开，第一时间接听电话是秘书的职业素养之一。圈子里传过一个笑话，说是领导给秘书打电话，秘书偏巧正在卫生间蹲大号，手忙脚乱点开手机，领导一句话没说咔嗒挂了。秘书忐忑不安，果然办公室通知他不用来上班了。电话是妻子打来的，妻子问他怎么这么晚还不回？他说留在这儿睡了，明天一大早回去。妻子不悦，问哪些人。诗人略有些不耐烦地说，陪律师呢。那边停顿了一下，噢，知道了，明天早点回来，女儿等你带她看画展呢。

诗人不得已把律师搬出来，倒不是因为他在自己妻子那里有什么威望，完全是因为妻子舅舅有件案子托在律师手里。舅舅舅妈早年下岗，做点小买卖维持生计。几年前，积攒了大半辈子的十多万元被老同事借走，对方许以高额利息。老同事不久就失踪了，舅舅这才发现自己被骗了。律师说，难啊，虽说这人有两处房产，可是僧多粥少，他欠债太多。诗人忖度，以律师的能力和人脉关系这点小事斡旋起来理应不在话下，他强调案件难度无非是卖个人情。

诗人很想就这个话题跟律师谈谈，话到嘴边又咽了回去，这会子说这些太煞风景了。诗人低下头，眼前这张据说空运自台湾的巨大暗褐色茶案，估摸要有一两百万吧。至于博士腕上那串在月光下闪烁着暗物质光芒的手串，怕是不能用金钱来衡量了。“这世界上有两个敌人／如密不可分的孪生子／饥饿者的饥饿和饱食者的饱食。”记不大清，好像是茨维塔耶娃的诗句。

老弟，喝一个，我讲个好玩的故事，说不定就成了你的小说素材。博士斟了半杯红酒，推到诗人面前。

诗人略感惭愧，空负诗人桂冠，却再也写不出什么诗来了。这一两年，他倒是写了些像小说的东西，有那么十来篇吧，都是有头没尾，再也写不下去，僵死在文件夹里。

看着诗人和律师干了，博士开始讲故事。

他说，我买了这块地后，听村人说了门口河湾的故事。这条河算是运河的支流，河水并不深，但是奇怪的是正对庄园的河湾非常深，也就是河水拐弯的地方。据说里面有一条很大的大鱼。

博士停了停，点了一支烟。

律师很好奇，什么大鱼？

诗人思索了一下，河湾深应该不奇怪，村人取过土吧。

博士看了诗人一眼，笑了笑，接着说，我也想到是取过土，但是附近上年纪的老人都说没这回事，山脚这一片以前没有砌房造屋，谁来取土。再说了，放着现成的山，舍易取难？博士左右晃晃食指，这倒不重要，重要的是这条大鱼，说是有那上了年纪的老人见过，脊背黝黑如利刃，在水下一闪就不见了，眼见着搅起一个又圆又深的漩涡，有筛子那么大的漩涡。博士伸出双手，试着比画了一下。

漩涡越深，水越深。诗人笑，这鱼莫不成了精？

就没有人想过捕这鱼？律师问。

博士笑笑，说是有一年一个老渔夫织了一张特别厚实的大网，守了几天几夜，终于网住了。

博士很会讲故事，律师和诗人躺在藤椅里引颈等着他。他慢悠悠地弹了弹烟灰，又喝了口茶，网是网住了，老渔夫根本拖不动这网，小舢板差点被掀翻了，才把鱼头拽出水面。老渔夫说，鱼眼睛很大，跟个孩子似的，吧嗒吧嗒看着他，老渔夫慌了神，手一松渔网跌落水中。大鱼跑了，老渔夫的掌心多了一枚鸽子蛋那么大的珍珠。他坚持说，珍珠是大鱼吐到他掌心的。因为他记得大鱼嘴巴啄了他的手，他以为它要咬他。他记得那感觉，凉而滑腻。

律师哈哈大笑起来，他觉得这故事破绽太多。律师大多数时候愿意相信事实和证据，虽然他们偶尔也制造事实和证据。

诗人被茶呛了一下，咳了几声。他想这不就是《搜神记》里关于鲛人的传说吗，“南海之外，有鲛人，水居如鱼，不废织绩，其眼泣，则能出珠”。但他没说这个，他抱了抱拳，笑说，博士，我以后可要不客气常来叨扰，沾沾此地灵气。

博士咧咧嘴，姑妄听之，姑妄听之。

鲛人泣珠，这故事让诗人无端起了些寒意，他想明天走的时候一定要去看看那河湾。

律师来了兴致，博士诗人，今天没外人，咱兄弟三个随便聊，敞开来聊，荤素不忌地聊。

诗人跟律师结识早，法律跟政界嘛总有千丝万缕的联系。后来通过律师跟博士熟悉起来，居然发现他们三个人还是校友，先后毕业于一所非著名大学，诗人学的中文，博士学的哲学，律师自然是法律系的。从那以后，他们之间的关系如蜘蛛结网似的绵密起来，经常相遇于一些公开的半公开的场合。怎么说呢，介于熟人和朋友之间，可能定义为校友也挺合适的。诗人知道博士跟自己的老板关系应该不错，完全是某种直觉。这大概也是他留下来的不可言说的原因之一。至于兄弟，呵呵，现在上了酒桌个个都称兄道弟。当不得真。

我吃素，说点素的，荤的就交给你们哥俩。博士烟瘾挺大的，面前的水晶烟灰缸都填满了。他身着玄色亚麻衣裤，坐得腰背挺直端如雕塑，月光都欺不得身，只给他镀了一圈毛茸茸的边。

大学毕业我分到厂里，一开始在办公室，后来我主动要求去跑销售。企业产品是南方常见的那些饼干、糕点之类。是的，也做季节性的月饼。刚开始还可以，销路很好的，到了九十年代后期就不行了，没有竞争力……

说到这里，博士手机响了，他按了接听，站起来，一边嗯嗯嗯地应着，一边指着茶案上的水果干果和点心，示意诗人和律师，吃点东西，别光喝。又冲着手机，没跟你说。两个朋友。什么男的女的？当然是男的。不是告诉你了吗？今天请了些朋友上门聚聚的。旁边两人直乐，律师俯下身看了看，手指在一碟蔓越莓和一碟司康饼之间犹豫了一下，最终选定一块饼干，掰了一半抛到口中。电话还没挂，好像也没什么大事。博士问那边，菲菲怎么样？

律师压低声音告诉诗人，菲菲是他女儿，夫人电话，听说一直在美国陪读。

噢，好，好，那就这样。什么？怎么选今天？今天这个日子是大师定的，不是告诉过你。好了，你安安心心的，这些神不用你烦。没喝酒，我没喝，什么，真没喝。

律师眨着眼睛嗤笑。

视频？山里信号不好，视什么频，我明天就回市区了。博士转身说，不要笑了，来跟你嫂子打个招呼。

律师接过手机，笑着自报自门，寒暄了几句，收了电话。

博士无可奈何，女人就是操心。对了，刚才说到哪儿了？嗯，叫我接手企业的时候，已经是个烂摊子，市里找我谈，因为当时没有人肯接，你们想我一个外地人能有什么好事落我头上。我之所以肯接手，也因为心里有一点眉目，当时是倾尽所有上了保健品生产线。嗯，什么？其实也没有绝对把握，完全是破釜沉舟。资金紧张到什么程度，你们想象不到，我走了一步险棋，通过开订货会向客户筹了笔钱，三百多万预付款，完全凭着积累的信誉和对产品的信心……

诗人仰头看着博士，这段话他听过，好像是在某个培训班上，市府专门请他给部门领导授课。如果没记错，接下来他会讲到独创的公司螺旋式发展的哲学思维。果不其然，他说，公司的发展一直是我坚持的螺旋式上升思维，灵感来自有回登庐山，看到毛泽东写的那首关于庐山的诗。诗暗合庐山的盘山公路，环山盘旋而上，我就想到做事业是同样的道理，没有捷径可取。那首诗怎么说的，一山飞峙大江边，什么四百旋的。他揉揉太阳穴，岁数大了，记忆力不行了。

诗人脱口而出，跃上葱茏四百旋。

对对，是的。

诗人想到，外界都说博士起家是食品业，发家是保健品，真正的财富累积还是房地产。

三

夜渐深了，月亮爬到了头顶，孤零零地悬在半空。几片流云忽左忽右缠绕着，给那月色笼上一层轻纱，朦朦胧胧地透出些许杏黄。只是那皎洁处依旧是十万分的皎洁，如蛋糕上汪着的奶油，眼见着就要滴下来。

博士说完了，点律师，要他讲讲他那些韵事。律师歪了歪身子，呷了点酒，人不风流枉少年，自古英雄多好色，说好了，我讲一个，你俩一个跑不掉。

自古还说存天理灭人欲呢。

律师斜了诗人一眼，自古还说，食色，性也呢。

博士哈哈大笑，我去个卫生间，等我回来继续。

律师凑近诗人耳语，你听他的创业史，嘿嘿，再烂的摊子凭什么给他啊，知道吗，当时市里主管部门的头头，后来成了他岳父。他妻子比他大四岁，有先心病。

哦，有这事。诗人诧异。

他卖了个关子，你想不到的多呢。

还有什么？诗人向他探过头。

他笑笑，顾左右而言他，不过他对夫人倒是尊重的。

那时候，我刚做律师一年多吧，每天焦头烂额办的都是没人肯接的离婚案，就是那个时候认识她的。叫她 A 吧。

难怪说律师吃定当事人了。博士哈哈大笑。

我的当事人是 A 丈夫。

哦，那就是吃了原告吃被告。诗人亦笑。

律师的表情却渐渐凝重起来，有的女人你明明知道她很危险，可是你就是想冒这个险。我第一次见到 A 是在法庭上，当时就有种奇怪的预感，总觉得会跟她发生点什么。我的目光一接上她的，我身体立刻就有反应。噢，你们别想歪了，我没那么流氓，况且在那种场合，我只是说我心里有个地方哆嗦了一下。

很漂亮？诗人好奇。

说有多漂亮大概也谈不上，她下巴很尖，有点像猫。她穿了件藏青修身小西装，领口那儿系了条印花丝巾，头发绾起来盘着髻，完全不像闹离婚的女人，没有一点萎靡疲倦或者茫然失措。嗯，怎么说呢，那天她一走进黯淡肃穆的法庭，我觉得眼前骤然出现一道明亮的阳光。后来我听说，生着一张猫脸的女人，是很难被驯服的。

A起的诉？博士问。

是的，A是原告。我的当事人不想离婚。A当时在一家事业单位上班，而我的当事人看上去就是个头脑简单不学无术的混混，他们有个读小学的女儿。第一次开庭不了了之，总是这样的，一方说感情破裂，另一方坚持感情尚存。我的当事人知道A去意已决，就告诉我她隐匿房产，A用姐姐的名义购了一处门面房，价值三四百万。我问他有什么证据，他说那两口子都是下岗职工住着破平房，怎么可能买得起市中心的门面房？我后来去查了，A的姐姐名下确实有一处门面房，购房记录显示是三年前。如果真如当事人所叙述，那么这个女人是深谋远虑极有心机的。我跟当事人说，要证明这房产跟他妻子有关系太难了。其实如果努力一下也可以查一查的，最起码可以走访A的姐姐姐夫和开发商，还可以查银行记录。事情肯定有难度，但是值得试一试。如果成了，这对当时的我来说应该是一笔不小的律师费。但是鬼使神差地，我放弃了这个念头。我的当事人自然也放弃了。第二次开庭场面有些失控，我的当事人情绪激烈地骂了一些不堪入耳的话。

骂什么?

无非是些男女关系之类的。A 是个不简单的女人，镇定自若地微笑着任男人骂。我看出来她犹豫了一下，才略带嘲讽地当庭提交了一张光盘。

诗人和博士对看了一眼，异口同声问，什么光盘?

律师点了一支烟，都是我的当事人跟几个女人亲热的画面。婚自然是离了，孩子归女方，他们共有的住房属于男方的一半折算了抚养费，我的当事人差不多是净身出户。

于是你跟 A 顺利地搞到了一起。诗人笑嘻嘻地说。

律师没有反驳。案子结束之后没多久，我给她打电话，她一点也没有表现得意外，好像知道我会打这个电话，又好像一直等我打这个电话似的。我们先是喝咖啡，然后又转去酒吧喝酒，她挺能喝的，一个人喝了两瓶红酒，又喝了几瓶啤酒。然后她说头晕，趴在桌上看着我，眼睛亮亮的眯成一条缝，像是要衔住面前的人。我先前存着的一丝忧虑轰然倒塌，当时想的就是哪怕刀山火海我也要抓住她。有的女人就有这个魔力，你明知会毁灭，也不想离她半步。当晚我们就在一起了，她对男女之事的态度令我又惊讶又着迷，她说只要发乎情，又何必止乎礼。换了别的女人说这样的话，我肯定会嗤之以鼻。可是奇怪的是，因为是她说的，好像就是应该的，自然的。她有那样一种能力。

律师的左手手指微屈，始终漫不经心地轻叩桌面，似乎在呼应着他内心的节奏。诗人注意到他修长的无名指上一只精致的铂金婚戒静静发着光。

后来呢？诗人问。

我们在一起半年多就分手了。可笑的是，我还曾因为她动过离婚的念头，现在想想真是幼稚。后来我才知道，不但那个门面房是她的，离婚后她还跟人合伙买了地办了企业。

呃，这女人厉害的。诗人说。

据说她跟单位一把手过从甚密，被称为二把手，单位搞基建，所有的钢材啊什么的，都是她卖给建筑商的。律师笑了笑说，有的女人，对金钱和性爱的态度如出一辙，与生俱来有某种掌控欲望。

一直没有说话的博士忽然开口，这话倒是精辟。

女人当真是自我解放了，你们想想，如果换作现在，安娜·卡列尼娜还会撞火车，爱玛还会服砒霜吗？诗人带着几分不屑的神情说。

爱玛是谁？律师问。

哦，爱玛就是包法利夫人，因为偷情欠下高额债务最后走投无路不得不服砒霜自杀。

时代变了，安娜不会再去撞火车，爱玛也不至于要服砒霜。博士沉吟着说，但怎么说呢，总会有这样那样的事情发生，然后摧枯拉朽连带作用地破坏着我们以及我们的生活。

四

你们且当故事听，出了这个门我概不承认。律师大大地伸了个懒腰。

博士看着诗人。

诗人搓了搓手，那我说个大学舍友的故事?

博士和律师都笑，好吧，我们就当你舍友的故事听吧。

大四的时候，我上铺的哥们喜欢上戏剧学校一女孩。戏剧学校你们去过没?在郊区，坐公交要十一站路。我还陪他去过。他是通过一个老乡认识那女孩的。这个老乡，就叫她 B 吧。B 和那女孩同宿舍，整天形影不离。哥们属于腼腆型的，迟迟不敢挑明，就那么耗着，经常三个人约一块儿看电影吃饭夜宵。偶尔有那么几次，女孩没空，他也不会拒绝就和 B 看电影吃饭夜宵。眼看要毕业了，哥们鼓足勇气找那女孩表了白，你们再也没想到。诗人住了口，看看博士，又看看律师。

律师笑着说，B 不干了。博士也笑，明摆着啊。

诗人竖了竖大拇指。B 知道了这事，跑来找我那哥们，周日宿舍没人，哥们错过了饭点，泡了个大碗面还没吃，B 就红着眼睛来了，劈面问他，你爱的是我还是她?

哥们哪里见过这阵势，嗫嚅地说，当然，当然是她，一直是她。

B 抬手就掀翻了那碗冒着热气的方便面，汤汤水水洒了一地。

哥们慌了神，一迭声地说，你误会了，你真的误会了。

B 倒也没有二话，顺手从桌上拿了把水果刀朝自己肚子扎去，动作干脆利落一气呵成。哥们说他当时脑子轰的一下，眼前一片漆黑，原来人紧张到某种程度真是会晕厥的。幸好那把水果刀不算锋利，握刀的人力气又小，伤口很浅。纵然如此，流出来的血已经染红了她的手指，又流过她的绿色棉布长裙，一点一点地滴在水泥地上，和那些泡面不堪目睹地搅和在一起。他说，那绿裙子像开了朵黑色的大丽花。他把她送到附近的医院，急诊科的医生问是怎么回事，他急得满头是汗不知如何解释。B 白着一张脸静静地说，我们开玩笑，不小心碰上去的。

没了？博士问。

没了。诗人说。

你这算什么，完全是琼瑶小说嘛。

这 B 女倒是条汉子。律师笑着问，你就没喜欢上她？

这么暴虐而激烈的感情，我不喜欢，从来也不喜欢。诗人摇了摇头。

她有那么喜欢你，为了你竟然下得了手去捅自己一刀。律师问。

不，不是，诗人想了想说，她只是喜欢她自己。

她自己说的？博士惊讶。

是的。说实话，这件事影响了我对感情的判断，不怕你们笑话，让我变得害怕女人。你不知道她们在想什么，有时候她们说向东，你得相信，她们一定是要向西。

我说完了，博士该你了。诗人放平躺椅，头顶的彩绘玻璃已经合上了。墙上的十几盏壁灯拢着一小团一小团橘色的光影，像十几个月亮发着靡靡的光。他看到月亮向西移了一些，挂在檐下不远处，毛毛的，像被谁咬了一口的烧饼，起着烧煳的焦黄的边。诗人闭上眼睛，有一小会儿，没有说话。

博士不知从哪儿拿出一只松木烟盒，三人各点了一支雪茄，茶室里弥漫着一股淡淡的伐木味道。

博士斟酌着，说什么呢?

律师朝诗人眨眨眼睛，老大你还不是信手拈来。

博士笑笑，我戏说，你们戏听，就当听聊斋好了。

那时候我刚挣了点钱，年纪还轻，对，比诗人你还小。没钱的人一旦有了钱心理上不适应，最突出的表现就是膨胀。不就是花钱嘛，赚钱就是为了花的，特别要为女人花。

律师不怀好意地笑，哪里膨胀?

诗人笑着说，那还用说，身体一膨胀心理就膨胀。

她是售楼部经理，我去看房认识的。本来是打算换房，但没想买别墅，她头脑聪明又会说话，我在她手里签了幢最贵的别墅。叫她什么呢，就C吧。

博士用公道杯斟茶，又慢条斯理地给三只杯子续水，边续边说，我喜欢高个子的女人。她个子挺高，穿平底鞋还高我半个头。

律师但笑不语。从心理学角度分析，高个子的男人喜欢矮个子的女人是因为享受那种征服感，而矮个子的男人喜欢高个子的女人，是源于对自己身高的极度自卑。每个人内心深处都有阴暗潮湿之地，诗人不无自怜地想到自己，三十岁不到提了副科，三十出头提了正科，起步太顺当，不过是加倍衬托现在的尴尬和可笑。眼看正科七八年了，想进一步却比登天还难。在仕途上搏击，男人的年龄往往比少女还娇嫩，最珍贵的上升期就那么几年，往往错过即失去。

我们见了两三次面，C 就把我带到她家了。那阵子我十分着迷，经常想着她，开会的时候批文件的时候，想到她就会不自觉地微笑，我的秘书问过我几回，老板你笑什么？我才反应过来原来我在笑。我觉得是她开了我的窍，明白了男女之间是怎么回事，原来有那么多美妙之处。

嗯，对，可以这么说，她很性感。

怎么个性感法子？律师不怀好意地问。

只可意会不可言传。博士仰头笑了笑。

此处省略一万字……律师戏谑。

记得有一次，他们公司组织到山里拓展训练，我特别想她，就开着新买的路虎，想赶去给她个惊喜。那时候真是疯狂，开了四五个小时的车，就为了见上一面。我到的时候天已经黑了，他们正在吃饭，餐厅的落地玻璃窗对着停车场，C 看到我就奔了出来。我注意到，她的那帮同事都停下筷子一齐扭过身子看着我们，他们的眼神含意复杂。

我问 C，跟我走吗？她毫不犹豫地点了点头。

C 的同事认识你？诗人问。

他们都知道我是个有家室的男人。

律师打了个哈欠，谁管这些闲事啊。

律师面前的手机唱起来了，他盯着屏幕看了两秒，你们先聊着，我接个电话。他边说边站了起来。

博士递支雪茄给诗人，自己也点了一支。律师立窗户边上柔声对着话筒解释，山里，真的在山里，嗯，明早回去……

肯定不是夫人，夫人不用避着咱们。

夫人也不用这么温柔啊，肯定是他那个助手吧。诗人眼前出现那个圆圆脸的毛茸茸头发女孩，说话声音嗲嗲的，头上喜欢别只蝴蝶结发卡，有时是浅粉色，有时是湖蓝色。

雪茄抽了半支，那边电话才打完。

博士笑问，谁的电话打这么久，还乖啊乖的。

是啊，鸡皮疙瘩掉一地。

你们听错了，是个当事人，整天缠杂不清神神道道的，半夜也能打电话过来。

两人笑，不用解释，不用解释。

博士你说到哪了，接着说啊。

我说完了啊，都是陈谷子烂芝麻的事，现如今我是没你们年轻人的心气了，只想安安静静过日子。来，吃点东西，这美人指是家里农庄现采的。

你想归隐也太早了些。诗人沉吟着说，就拿毛泽东的《登庐山》来说，这首七律的最后两句是，陶令不知何处去，桃花源里可耕田？可是哪有陶令，哪来桃花源？

三人一时无话。律师连打了几个哈欠，撑不住了，要不躺一会儿？

博士看看手表，房间都收拾好了，还能眯一个多小时。

诗人说，我懒得动，就在躺椅上睡得了。

律师拉扯着诗人站了起来，一起回房吧，你一个人待着再被狐狸精掳去。

窗外，黎明前的黯淡。月亮高高地挂在西边，像一粒新剥出来的莲子，遥远而清冷。云已经散尽了，星星也隐去了。

五

十天后，我的老板被纪委的几个西装男从机场直接带走了。

对了，我就是那个诗人。老板进去后，各种传言纷飞。老板管着交通城建等热点部门，有人说跟女人有关，有人说跟开发商有关，也有人说博士就是那个开发商。过了几天，市纪委一个电话请我过去喝茶，他们很客气地问了些情况，我都照实答了。他们最后拿出一张照片，让我辨认。我没掩饰住，目光抖了一下，其中一个人目不转睛地看着我，见过照片中的女人？

我说，好像没见过。

那你慌什么？他声色俱厉。

我看他那个样子，反倒镇定下来，我微微笑笑，欠身端杯喝了口水说，因为从来没见过领导这种样子。

我说的是事实，素日西装革履的领导忽然出现在这样一张照片里，跟一个女人赤身相拥，我没法掩饰惊慌。

另外一个人咧了咧嘴，你没见过的多呢，这样吧，你回去好好想想，想起来什么情况及时跟我们联系，实话实说就行。

我点了点头。

我说好像没见过，是因为不想惹麻烦。其实第一眼我就认出了照片上的女人，她可能隆过鼻子文过眉，但我还是知道是她。我认得她的眼睛，迷雾一样含着述说不尽的困惑，迷雾后面是一泓深邃得令人甘愿沉溺其中的湖水。再说了，一个女人为我捅过自己一刀，你们说我怎么可能轻易忘记。

事情到这一步，已经没有什么好避讳的了。我想揭开谜底，是的，她是 B，当然也是 A 和 C。山中一夜，谁都没有点破，三个故事里的三个女人，在现实里根本就是同一个人。有那么一会儿，我甚至觉得，即使离开这操蛋的现实，她们也只能是同一个人。

上言加餐饭

一

我到得比较早，进房间看了会儿电视，又冲了把澡，然后到一楼的自助餐厅默默吃了点晚餐，尚见零零落落有人前来报到。他们拖着行李箱停在铺着猩红金丝绒桌布的报到台前，弯腰签到，领房卡和材料。然后又拖着箱子咕噜噜穿过走廊，金色电梯门呼哧打开又呼哧把人一口吞了进去。

我决定去散会儿步，顺便怀个旧。差不多十年前，我在A市短暂工作过。后来的这些年，东飘西荡去过很多城市，却唯独没有回来过这里。主编说有个全省新闻记者高级研修班问我想不想去，我对这类培训向来不抱期望，油腻草率的自助餐，每天端坐七八个小时，听主席台上的老师像煞有介事地贩卖连他自己都未必信任的东西。可是想到最近太累了，不妨借这个培训班休息放松一下。

出门右拐，一条颇为修整幽静的人行道，远远看见前面是个街心公园，三三两两有人在散步和遛狗，更多的人在跳广场舞。太阳落下去了，天气却还是很热，风吹在脸上带着溽湿而黏稠的重量。我仿佛嗅到从古运河吹来的一丝丝咸腥气息。想到这里，我被一阵莫名的伤感击中。然后，我看到了他。

他个子很高，腰板笔直，穿着一双黑白相间的运动鞋，白色短袖衬衫束在黑色长裤里，扣子扣得一丝不苟。他正跟一个打太极拳的老人讨论天气，身子前倾，头吃力地够着，几乎把右边耳朵伸到人家脸上了。看着有点面熟，却想不起在哪见过了。他站在一棵梧桐树底下，叶与叶的间隙洒下几点余晖，一缕淡金的光芒恰好照在他脸上，把他的脸一分为二，一亮一暗，一黄一白。他说了一句什么话，脸上复又现出一种庄重严肃而又柔和茫然的神气。

我想起他是谁了。对了，就是这种庄重严肃而又柔和茫然的神气，那时候，他天天早上到街道办，比我们上班的还准时。他叫什么的？我想不起来了，我跟朱明背后开玩笑说他是唐国强。因为他长得很像那个演电影的唐国强。这么多年过去了，他变化不太大，有的人就是这样，一直固执地活在自己的世界里。就连跟人说话的姿势也没有变，身子前倾，头吃力地够着，几乎把右边耳朵伸到人家脸上了。他一直算是讲究的，头发梳得服服帖帖，标准的国字脸，浓眉大眼，眉宇之间很有几分英气。他说过，他左耳被炮弹震聋了。他怕有五十岁还是五十五岁？现在的人，年龄说不准了。

我们擦肩而过的瞬间，他忽然荒腔走板地哼了一句，你问我爱你有多深，我爱你有几分，我的情不移，我的爱不变，月亮代表我的心。

我回头看了一眼，他已经转过身去，正对着粗大的梧桐树干啪啪啪地击掌。这是他吗，我疑惑着。

二

大学毕业那一年的夏天，很偶然的一日。我下楼去买泡面，被同学拖到校团委，跟着她填了一张表。两个多月后，作为“苏北计划志愿者”被分到了A市的桃花坞街道办。报到那天，我看到了同班同学朱明，他是A市人。我们俩的相遇，不知道是巧合还是其他的什么。

朱明分在党政科，我在民政科。我还记得，科长见我来时，露出如释重负的微笑，把科里事情交代了一番，然后指着坐在椅子上的中年男人，强调说，小乔，我们民政科主要工作是做好服务，要让群众高兴而来，满意而走。

他拍了拍中年男人的肩膀说，这是我们科里新来的小乔，以后你有事向她反映。又嘱咐我，小乔，拿本子记下来。科长说着就着急忙慌地推门走了，像被兔子咬了尾巴。

我还没反应过来，靠窗坐着的中年男人忽然走到面前，啪地敬了个礼，大声地说，报——告，脚后跟很响地碰了一下。我吓了一跳，不知道这是什么情况什么路数，手里的签字笔没捏牢，滑了出去。我手忙脚乱地捡起笔，又倒了杯水，请坐，请问什么事。他在我桌子对面坐下，笑眯眯地说，我是来开会的。电脑显示屏上映着我一脸的愕然。

大概预料到我的窘境，朱明出现在走廊上。他招手叫我，指了指自己脑袋，耳语说，他这里有问题，你别管他，他来开会，你就让他坐着。他说什么，你听着就是了。

他来做什么的?

不知道，天天来，这里的常客。他们都叫他徐师傅。朱明表示爱莫能助地看了我一眼，摆摆手走了。

徐师傅端正严谨地坐在椅子上，双膝并拢，双手握着一本大红硬塑封面的旧笔记本，好像随时准备往上面记录些什么。身上穿着一件洗得发灰的旧军装，扣子扣得严严实实，左胸那儿挂了四枚亮闪闪红艳艳的勋章。我按捺不住好奇，徐师傅，你胸口挂的是什么?

我说话的时候，他把右半边身子朝我倾斜过来，然后眼睛很亮声音很骄傲地说，都是我的军功章，你看，你看看。

我凑上前去，仔细辨别着那几枚形状各异的军功章：三等功奖章，自卫反击保卫边疆、作战纪念、献给最可爱的人。有的字勉强可以辨认，有的字已经漫漶不清了。他一直紧紧盯着我，像眼巴巴等待老师表扬的学生。我连忙说，真了不起，徐师傅，你是英雄啊。他摇着头严肃地大声说，我不是，我不是，那些牺牲的人才是英雄。他们有的埋在纪念碑下面呢，有的就这么没了，炮火连天的，连根骨头都没有留下……

他脸上的神情瞬间变得十分痛苦，像被一股什么看不见的力量紧紧攥住了，声音越来越轻。我听不清他在说什么，自顾自地一会儿点头，一会儿摇头，不停地喃喃自语。我心惊胆战地看着他，生怕他哭起来或有其他的意外之举。幸而他只是自言自语了一会儿，就客客气气地告辞走了。

朱明告诉我，徐师傅从部队退伍后，分在汽配厂。前几年下了岗，本来好好的人不知怎么就鬼上了身似的，街道给他协调了一个门卫的工作，他也干不下来。

怎么干不下来的？

他们说他听到汽车喇叭响，不去开大门，倒吓得躲到桌肚子里去了。脑子坏掉了，还以为听到的是枪炮声。也真可怜，现在只能靠点补助金过日子。

家里人也不管他？

不知道。

他结婚了吗？

好像没有。应该没有。朱明若有所思地说，他们说他只有一个老母亲。

可惜了，长得不错啊，年轻时候应该很帅的，像那个电影演员叫啥的？

唐国强。

对，唐国强，你也这么觉得？

街道办的人都这么说。

朱明说的果然不错，从那以后我几乎天天上班都能看到唐国强，噢徐师傅。他有时候来坐一会儿就走，有时候能待半天，看到谁都要立正敬个礼。通常的情况是，我坐在电脑前写材料整理报表核对数字，他就坐在我对面，有时候说话，有时候不说话。我们科长很少在办公室，他大多数时候都在外面核对贫困户低保户信息。朱明说他就要退休了家里又新添了个孙子，哪有心思上班。朱明跟在大学里一样，是个百事通。那时候我们都知道，他大一就进学生会，大二做了学生会主席，怎么看着都是兴兴头头一心要从政的。志愿者计划这个工作对他来说大概只是个历练和跳板，他正在积极准备公务员考试。而我，只是因为无处可去。周围人出国的出国，考研的考研，找工作的找工作，只有我准备背上背包去流浪，志愿者计划算是流浪的第一站。高考结束的那个暑假，我的父母迫不及待地离了婚，并且很快各自组建了家庭。那个暑假出席的接二连三的宴会，至今令我难忘，先是我的谢师宴，然后是母亲的婚宴，接着就是父亲的婚宴。一个非常喜庆而诡异的暑假。

刚到桃花坞街道办的那两周，我每一天都想写封辞职信然后抬腿走人，除了民政科的一堆事，我还要打许多杂，准备各种会议和检查，端茶倒水，打扫卫生，交通值勤，甚至帮助计生办发放避孕套。最奇葩的是，婆媳吵架，那个女人居然把中风坐轮椅的婆婆往街道办一送，扬长而去。领导没法子就让我放下手头的工作陪护老人。就这样，也不知道为什么我居然干满了一整年。我其实并不在乎是否履行那纸协议，也不在乎中途毁约，我对体制内的工作毫无兴趣。这些年，我边旅行边工作，也算走了不少地方，干过青年旅舍的前台，酒吧服务员，导游，药房推销员，家庭老师，嗯，然后就是现在这份记者的工作。这是我干得最长的一份工作，大约因为老了，不由得想要安静下来。算起来印象最深的还是第一份工作。也许跟徐师傅不无关系，我甚至记得他普通话里芜杂的口音，似乎是 A 市的，又似乎不是，有点五湖四海的味道。民政科办公室里有个档案柜，我在退伍军人那一格里查过他的资料，他叫徐建军，1983 年参军，1984 至 1985 年参战。1988 年退伍，2001 年下岗。非常简单，没有多余的话。有一阵子，他经常说起一个牺牲的战友叫陶雷的。他们是高中同学，一起当的兵，一起打的仗，一个活着一个死了。他说，陶雷喜欢一个女同学，每个星期都要给她写几封信，打着手电筒躲在被窝里写，外面枪林弹雨也写……

我在电脑上一边弄材料，一边嗯嗯嗯地应着他，女同学回信了吗？

那时候打仗，有回信也不一定收到的。

我逗他，是不是那个女同学也喜欢你。

我不知道，他忽然羞涩地笑了一下，陶雷说谁活着谁就回家娶她。我以为死的肯定是我，谁知道是陶雷啊。他们的卡车轧上了地雷，一车人啊全牺牲了。是我去抬的他。从那以后，我一做梦就是他，到处血肉横飞的……他说着说着声音低下去，好像就要哭出来似的。

徐师傅，喝点水，喝点水。我倒了杯水，转移话题说，你回来了，怎么没娶人家？

他抿了一小口水，嗫嚅着，她嫁人了。

民政科人来人往的，大多数是来申请低保以及困难补助的人，个个揣着一本难念的经。可是这些人看到徐师傅还是忍不住打趣他，好像能够从中获得多少快乐似的。徐师傅，又来开会啊。徐师傅，你打过仗，来来，就拿这个当枪使，摆个造型给我看看。老徐，手榴弹什么样子你还知道啊，整天念叨什么山什么洞的，不是编的吧，哈哈。

徐师傅好脾气，谁说话他冲谁竖起右耳，一脸的严肃认真。他说怎么没打过仗呢，千真万确啊，到处都是深山老林，天气又坏，潮湿闷热，大雨浓雾，蚊虫乌泱泱的，咬得我们浑身是包，溃烂流脓。有时候他也生气的，怎么是编的呢，你这个人到底讲不讲理的。他的声音逐渐变得无力而哀伤，昨天我还梦见陶雷，梦见他趴在山洞里，一遍遍地放着邓丽君的那支歌《月亮代表我的心》，听得我耳朵都起了老茧。他说着，使劲拽了拽自己的耳朵。

他们哈哈大笑，我也忍不住笑了。他还在喋喋不休地自顾自说着，不断引发他们更为大声的笑。他说，有时候后勤补给送不上来，我们饿得没办法，只有打野味吃，野鸡野兔野猪，逮到什么吃什么。有一次在松毛岭居然撞上一条大蟒蛇，很大，缠在树上。那条蛇少见啊，蛇身碧绿，头赤红，怪吓人的。因为不敢放枪怕招来敌人，大家就手忙脚乱地拿刀去砍，仗着人多也不怕，不知谁一刀削中了蛇尾。蛇断了那么一截尾巴，居然没死，还逃跑了。我们用尾巴炖了一锅汤，喃，光一根尾巴足有十来斤重。一个连的人都喝到了，特别鲜美。

我听得直犯恶心，这么大的蛇不怕有毒啊，居然也敢吃，不可能吧。

他好像没有听见我的话，呆呆地坐着，一双眼睛定定地大睁着，凝视着空气里的什么。

三

朱明打电话说有时间见个面啊。我心里莫名有点慌张，正思忖他是如何掌握我的行踪的。他笑着说，你也太不够意思了，已经到我家门口了，居然不知会主人一声，一点同学情面都不给啊。我也只好笑着说，知道你现在是个大忙人，日理万机的，实在不敢叨扰。

当年我离开 A 市时，朱明已经通过了公务员招考的笔试，岗位就是桃花坞街道办事员。他想动员我一起报考的，我压根没有这个想法。实践期满我就收拾行李，去了云南丽江。这些年，我跟所有同学都疏于联系，很少发朋友圈也很少聊微信群。

直到去年，毕业十周年同学聚会的时候，我们见了一面。其实这样的聚会有什么意义呢，除了徒增无聊的伤感和回忆。那次聚会，朱明成了令人瞩目的明星，有人爆料他刚提了副区长。从街道办办事员做起，历任副科长、科长以及街道办副主任、主任，三十三岁做到副区长。一个工人家庭出身的人，你大概能想象是怎样一个历程。座中有人低语，还不是走了捷径。我问，什么捷径？他是无党派。我笑笑。

第二天晚上，我们约在一家茶馆见面。茶馆仿明清建筑，四周挂着大红的灯笼。后面有片竹园，是个清幽的所在。坐在雅间，推窗即是运河水，许多红灯笼悉数倒映在水面，水波荡漾，醉红摇曳，倒是颇有几分情趣。朱明指点给我看，那里就是御码头，明清时这里有“南船北马、九省通衢”之称。乾隆六次南巡都在此弃舟登陆，曾经写过“便觉景光非北地，行看佳丽到南邦”的诗句。

我笑，你职业病犯了，把我当成招商引资的客人了。你忘了我在这里工作过？

他往椅背上一靠，含笑看着我说，怎么会忘。

气氛有一点微妙，我掩饰地喝了一口普洱茶说，今天看到一个人，很像那个徐师傅，你记得吗？就是当年天天到街道办来报到的。

噢，就是像唐国强那个，怎么不记得。

他现在还到街道办来吗？我指指自己脑袋，这方面怎么样？

自从结了婚就不来了，现在老夫妻俩在小区门口开了个超市，日子过得倒挺不错的。

结婚了？这怎么回事，你说说看？我特别好奇。

他沉吟了一下，右手食指无意识地在桌子上划着那些水渍，他结婚有五六年了吧，我还代表街道去参加婚礼了。新娘叫什么来着，对，淑芬。淑芬和徐师傅，还有他那时候经常念叨的战友陶雷，他们三个人是高中同学。陶雷一直喜欢淑芬，徐师傅其实也喜欢这个淑芬。陶雷死了，徐师傅亲眼看到他被地雷炸得不成样子，当时心理就有点障碍，在部队也治疗过一阵子，好多了。刚退伍回来的时候，淑芬其实还没嫁人，但他一直没有消除心理阴影，想着战友救过他的命，他哪还有勇气追求本来属于战友的幸福。换了我，可能也会这样吧。

命运兜兜转转，居然还能碰上？

是啊，到底是缘分未尽吧。淑芬结过婚，后来离了。跟前夫生的儿子已经结婚成家了。

真有意思，居然把病也治好了。

心病还需心药医。朱明说着，夸张地捂了捂胸口，听说淑芬当年喜欢的并不是那个战友，而是徐师傅。这么多年了，她还保存着他当年在前线寄给她的一张明信片，我看过，正面是北京天安门，那时候特别流行的那种。明信片上写着一句诗：上言加餐饭，下言常相忆。

上言加餐饭，下言常相忆。想不到徐师傅当年还挺文艺的。

他们那个年代的人都文艺。他笑，故事还有另外一个版本，你想不想听？

当然。我看看表，不知不觉已经快十一点了。

朱明起身去洗手间，我看到他信手在桌上涂抹的水渍，竟然写的是筱竹筱竹四个字。明知他大概只是无意识地写了我的名字，看着那水渍渐渐干了，心还是轻轻飘了一下。那年在街道办上班不久，朱明有次酒后跟我坦白，他在团委看到我填的“苏北计划志愿者”表格，就跟着填了一张。后来，他很费了些心思，托熟人把我和他分到了同一个地方。我笑笑，没说什么，我们不是一路人。他知道我喜欢张爱玲，约我去看电影《色戒》。那天不知怎么的，电影使我有些莫名其妙的伤感。从电影院出来，我就一直想哭，他拉我去吃消夜，跑了几条街也没有找到一个大排档。我说我走不动了回去吧，他一把拉住我的手，很自然地吻了我，自然得像是第一百次。我记得，那晚的月色溶溶的，风有些凉，我告诉自己只是有些伤感。

他回来接着说。另外一个版本就是，淑芬跟那个战友结过婚，还有了孩子。战友牺牲后，徐师傅一直照顾淑芬母子，还把自己不多的收入和补助金拿出来接济他们。渐渐地日久生情，也可能徐师傅本来就喜欢淑芬，但始终迈不过自己心里的那个坎。就这样，后来下了岗，脑子就出了问题，整天生活在幻想里。至于天天到街道办去开会，也是幻想所致……

两个版本，不对啊。那时候徐师傅说，陶雷死的第二天，是他二十岁生日，好像是说差一天就二十岁了。二十岁就结过婚有了孩子？

他们那一代的人啊，说不清楚。你说他们文艺吧，他们也愤青，但是他们也有气壮山河的时候，他们甚至有时候可以不为自己活，他们注定要把自己变成另外一个人。朱明沉思着，他们结婚就办了两桌酒，然后去旅行了，第一站去看的就是明信片上的北京天安门，第二站去看了陶雷。淑芬回来告诉邻居，他们带了卡式录音机和磁带，在陶雷的碑前放了邓丽君的《月亮代表我的心》，又烧了纸，磕了头，徐师傅当时就脑子清楚了，说起来神奇得不得了。家里都说，早知道应该早点去的。

真好。我前一阵子看过几部电影，像《现代启示录》和《猎鹿人》，还有那个《全金属外壳》。都跟战争有关，很可怕却又很幽微，我说不好，那种感觉。

我知道。我看过你写的影评。

我有些吃惊，想不到朱区长日理万机，居然有时间看我写的那些个鸡零狗碎的东西。

一个穿藏青绣花旗袍的服务员来续水，他停了一下，笑着说，我还看过你写的小说，徐师傅的故事就是个很好的小说，你可以把它写出来。

你知道的还真多。我喃喃说。

我只要想知道，自然能知道。他笑起来，脸上放着光辉。朱明变了很多，男人就是讨巧，明明历经的是沧桑，到他们身上就成了底气和历练。他倒没怎么胖，但明显结实了许多，举手投足之间有一些圆熟，却也不那么犯嫌。我想他一定经历很多之后，才有这样的安静笃定。大抵他身后有个安稳幸福的家庭，有个贤惠能干的妻子。

时间不早了，你家里？我又一次看看表。

他身子趋前，双肘放在桌上，看着自己的指尖，淡淡地说，我离婚了。

哦。我不知道说什么好，真没想到。我隐约记得他找的是个师范学院的老师。

是她要离的。她出国了。

不好意思。

你为什么不好意思，难道跟你有关。他浅笑着看我。

我斜睨了他一眼。

他没有说话，脸上的神色忽又正经起来。我顺着他的目光看去，楼下竹林原本黑黝黝的，这会儿不知是谁亮起了灯盏，衬得满林子绿莹莹的，反倒有股子说不出的阴气森森。别人以为我名字里两个字都是竹，不定有多偏爱此物呢。其实名字是父母给的，我倒更喜欢红烧肉。

四

刚洗漱完上床，手机叮咚响了一声，是朱明。没头没脑一行字：你愿意给我们一个机会吗？真是莫名其妙，我怔了一下，发了个问号。

他很快回了一句，你心里明白的。

我叹了口气，颓然把手机反扣到床头柜上，一翻身趴在床上，整张脸埋在松软的枕头里。好一会儿，脑子里一片空白，空调咝咝地吐着冷气，半湿的卷发从毛巾里散开来，几滴水珠滑到脖子里，凉凉的。

我昏昏沉沉地趴在枕头上睡了过去，一夜做了许多梦，奇怪的是梦见的不是朱明，而是徐师傅。我梦见他在自家超市里，趴在一张桌子后面写字。本子合起来，是一个大红硬塑封面的旧笔记本。他后面的玻璃展柜里端端正正地陈列着那几枚勋章。勋章上的字有的已经漫漶不清了，要凑上去才勉强可以辨认。超市后面连着一个小出厦，做了简易厨房，女人在灶台上忙来忙去，连名带姓喊了一声，徐建军，吃饭了……

我打开手机，跳出朱明凌晨发来的一段话，再次见到你，我更加确定自己的心意。筱竹，你是我一直等待的那个人，是我愿意与之一粥一饭、一菜一蔬过日子的那个人……

我看了一遍，又看了一遍，伸出食指摩挲着手机显示屏，一抬头看到梳妆镜里的自己，嘴角上扬，两颊绯红，连眼角都红了。我仍然不知道自己是否适合婚姻，我看着自己的脸，仿佛感觉有些东西正在被改变，一切都不一样了。

早上的培训班，我去点了个卯就溜出来了。我打个出租，按照朱明说的地址找到清水湾小区。果真挺近的，小区进门右侧就是淑芬超市。超市很小，招牌倒挺大的，看上去是轿车库改建的，卖些油盐酱醋之类的日用品。一个五十多岁的女人正拿着抹布上上下下擦拭玻璃柜台，头发低低地绾了个髻，穿着一件白底碎花连衣裙，她应该是那种会过日子的女人，一举一动里透着某种淡然和安闲。她大概感觉到了我的脚步，转过身来笑了一下，她白皙的杏仁脸上有双含笑的眼睛。她年轻时一定是个讨人喜欢的美人，就是现在也算得上小巧温柔。

小超市跟我梦里的竟然一模一样，一张油漆剥落的写字台。写字台后面的玻璃展柜里端端正正地陈列着那几枚勋章，金色的部分静静放着光辉。不用看也知道是什么。超市的货架尽头还有空间，灰茫茫的光线背后连着一个小出厦，大概是自己搭的。

正在这时，里面有人扬声喊，淑芬，我去买菜了。

我忽然觉得嗓子那儿堵得慌，就低头退了出来。我站在路边给朱明打电话，电话接通了，耳边传来牙痛似的电流声，我怔住了，他也没有说话。好半天，我哑着嗓子说，你昨天说的小说，我想写。他说嗯。写徐师傅和淑芬，我吁了口气，艰难地说，也许还有你和我。他顿了顿，柔声说好。

白琵鹭

一

曲静拎着行李箱上船坐下。船很小，是那种木质装饰的游艇，十来个座位坐着七八个人。有人低声说，前面那个，就是我们要去的岛吧。她侧身望去，远处湖上一笔绿影，夕阳洒下金色的光芒，四周有淡淡的雾气萦绕，某种熟悉而又陌生的感觉，仿佛疼痛般在体内蔓延开来，她感到一丝战栗。船上人纷纷举起手机拍照，气氛变得热烈。曲静没有动，静静看着窗外。

湖面起了风，船有点颠簸，浪花从半开的舷窗打进舱内，正好泼在窗口边的一个男人身上。他愣了一下，自嘲地笑起来，不知道说了句什么笑话，旁边几个人也跟着笑，好像那些浪花成功地溅起了笑声。船驶得近些，只见岛很小，四面环水，成片起伏的树林团团簇拥，散发出一种令人沉溺的绿色天鹅绒般的温柔沉静。

曲静想到跟着外公外婆住过的那个小岛，那个小渔村，事实上，就因为在网上看到图片，她才毫不犹豫预订房间和机票。出门到现在，她觉得此刻才忽然慢慢平静下来，并且得到慰藉。

坐上候在岸边的观光车，两三分钟就抵达山庄门口。在等待办理入住的间隙，她听到两个男人的对话。一个说，散步的?另一个说，哦，刚绕最外面走完一大圈，三千五百多步。果然不大，曲静想。

房间倒大得奢侈，整洁明亮。室内陈设几乎都是她喜欢的颜色，白色，灰色和深褐色。房间有个门通向阳台。阳台也大，辽阔得能够翩翩起舞，整面落地玻璃窗装着一面绸缎般光滑的蓝色湖水。曲静久久站在窗前，看着湖水，以及水天相接处那抹更为深邃的蓝天。

来之前，曲静跟主编请的年假。去机场的地铁上她发信息告诉吕宗桢她出差了。过了很久，他回复一个字，嗯。曲静盯着那个字看了半天，然后默默关掉手机。

曲静拿出几瓶旅行装消毒液，烧开水，用一次性抹布认真仔细地分别擦拭马桶、盥洗台、床头靠背、床头柜、桌子、茶几、椅子、衣架、话机和门把手，以及能够擦拭的一切。又用凉下来的开水兑不同用途的消毒液，分门别类清洁消毒上述所有一切。随后收拾行李，把睡衣放在床头，外套挂到衣橱，洗漱用品一一放到卫生间玻璃搁板上。曲静有时候会懊恼自己这样，陷在这些重复的劳动里，但她无法克制这样的习惯。她完全身不由己。慢慢地，她发现自己竟然依赖这些重复的劳动，因为能够从中获得短暂的幸福。

晚上七点多，外面光线尚且明亮，微风带来初夏的微凉，空气中有淡淡的杏仁味道。岛虽小，倒也什么都有，咖啡馆，酒吧，书店，便利店，树林掩映中的网球场，游泳池，慢跑道，小型高尔夫球场。唯独没有车，没有汽车喇叭声。没有哪部车可以涉水而来。岛上生长着很多芭蕉，小叶榕，女贞和香樟，最多的是高大粗壮的棕榈，结着大串大串通红的果子。三角梅随处可见，花开得像在滴血。

曲静沿着绿树掩映中的赭红色慢跑道漫步，湖边的垂钓台上端坐着石头般凝固的背影，偶尔从树林或者道路的拐弯处闪过一两个人影，棒球帽遮住眼睛，彼此沉默地擦肩而过。曲静常去的网络社区推荐，说这是一个与世隔绝的小众景点。与世隔绝，她在心里点点头。记不清转了多久，天色渐渐暗下来，她没有看到网上提到的吊桥——介于小岛与另一个毗邻的更小的岛之间的桥。她记得那张图片，两岸夹翠，凌空一座吊桥，数不清的鸟翱翔其间，鸟翼闪烁如箭矢，发出兵器的刺目光芒，无端有种杀戮气息不绝如缕地漾出画面。

二

跟吕宗桢谈婚论嫁那年，小姨到苏城看她。他们在饭店吃了顿饭，吕宗桢很慎重，他知道小姨对曲静的意义。大概太过重视，反而容易露马脚。小姨临走的时候拉着她的手，欲言又止。曲静再三追问，小姨才吞吞吐吐说，小吕看着样样都好，就是一双桃花眼，忽闪忽闪的。曲静只是笑，哪里听得进弦外之音，那时候他俩好得多个头。她现在已经不能想象，自己那种飞蛾扑火般的热情。是的，他也这么说她，凡事非黑即白，飞蛾扑火似的，可是这世界哪里就这两种颜色。曲静说，我就是喜欢黑白，黑白好，黑白干净。

吕宗桢也不恼，他口才好，在公司里就是有名的谈判高手。他说，水至清则无鱼。她说，情愿没有鱼，我也要清。他说，你倒是清了，那鱼怎么办，鱼是无辜的，鱼多美好啊。她没有说话，他总是有理。吕宗桢喜欢鱼，他们家阳台有个鱼缸，鱼缸里生活着几条穿黑裙子白裙子以及花裙子的妖精。吕宗桢待它们十分殷勤，跟心肝宝贝似的。

那时候他们还拌嘴，后来嘴也不拌了。吕宗桢寻找各种机会出差。曲静下班回家就钻研打扫卫生，她热衷于这个。他们家卫生间的搁板上，整整齐齐放着各种品牌消毒液，地板清洁消毒液、桌面清洁消毒液、厨房清洁消毒液、卫生间清洁消毒液、衣物清洁消毒液、蔬菜水果清洁消毒液、空气清洁消毒液……

集齐这些品牌花了些时间，为此曲静很有成就感。她是个惜物的人，习惯珍惜拥有的一切，并且使它们各有秩序，各得其所。水至清多好，她心想。这是她坚持的某种人生态度。

起初吕宗桢跟她抱怨过，过日子竟有那么多规矩。鞋子脱在蓝色的入门地毯上，鞋尖要并齐，要正对门的方向，像一个人长时间地被罚站。牙刷放在漱口杯里，必须同角度倾斜。架上毛巾应该对折，并且毛巾上的小熊图案必须方向一致。擦桌子的标准就是四个字，光可鉴人。依此类推，简直不胜枚举。吕宗桢其实算是个好脾气的男人，接受她的这些条条框框，能够做些力所能及的迁就，好在要他亲力亲为的并不多，曲静不动声色地承担着这些高标准严要求的家务，深受其苦又乐在其中。

小岛上的第一个夜晚，曲静睡了个好觉。清晨能够在各种鸟叫声中醒来，而不是被助眠药折磨得昏头涨脑死去活来，仅仅这一样似乎就值得庆幸。她闭着眼睛，闻到了风的气味，风吹动阳台上的白色细纱窗帘，风是绿色的，连带空气也是绿色的，带着湖面青涩气味的六月的风。风里裹挟着树的汁液，花朵的腥甜，风带着湿润的重量，在曲静脸颊留下轻微的疼痛。她小时候跟着外公外婆住的小岛，也是这样的，只是更小，只有三两户人家。外公每天傍晚把渔网撒去湖里，清晨摇着小船去起网，总能网到小半船活蹦乱跳的鱼虾，尤以那种赛过胳膊粗的翘嘴白为外公所喜欢。外公每天早饭都顾不上吃，摇着小船去赶早市。外婆说，换来的钱要供小静念大学。直到母亲出事。没几年，外公外婆相继离开。曲静住到了寄宿高中，然后考大学，永远离开小岛。一年多前，小姨打电话告诉她，外公外婆的老房子要拆，政府通知签字确认，问她要不要一块回去看看，那几间房子毕竟也是属于曲静的。她考虑了很久，还是没有回去。后来，小姨转了一笔钱到她卡里，说那是老房子的赔偿款。曲静为此难过很久，好像一个人被连根拔起，从此魂魄无所归依。

曲静总是做同样的梦，做了很多年。梦里的她为某种神秘的力量所牵引，像鸟一样在天空飞翔，确切地说，更多的时候不是在飞，而是飘浮在白茫茫的天空。曲静感到恐惧，她害怕那种飘浮的感觉，无所依傍。她拼命地想抓住点什么，哪怕一片云也好。可是她够不着云。有时候梦里会有树，她拼命去抓那些树梢，树梢上的树叶。可是没有用，无论她多么努力，那些树叶滑溜溜的，最终都会从她手中溜走。它们就像涂了橄榄油似的，她一无所获，唯有等待那最终的无可逃避的坠落。最近这一年半，梦境发生一些变化。梦里的她有了一对翅膀，雪白的某种鸟类的翅膀，非常美丽耀眼，就像死亡本身的美丽。飞翔终于变成一种可能，很多时候她感觉自己在梦境和现实之间来来回回，往事历历在目却又忽暗忽明。她在云中俯瞰，一切都在变小变得遥远，然而没有用，无论怎样的飞翔，最后都是坠落，永恒的坠落，向着无边无际的绝对的黑暗。

曲静小的时候，父母开始去很远的大城市打工。她跟着外公外婆生活在小岛上，只有过年的时候才回到镇上父母的房子。她总是说父母的房子，好像那里从来都不是她的家，跟她没有多大关系。过年也并不快乐，因为父母总会为各种事情生气，哭泣，吵闹，打架，摔东西。父亲喜欢喝酒，喝那种有刺鼻味道的烈酒，喝完酒就找茬打人。有一次，曲静看到他杀气腾腾地拽着妈妈的头发撞墙，像拽着一把水草，妈妈被甩来甩去，直到他筋疲力尽，水草顺着墙滑下来，然后被水吞没。

这些事情，曲静没有告诉过外公外婆。反正假期会结束，他们会离开，坐汽车坐火车回到远方。曲静觉得松了一口气，她从来都不喜欢过年。

三

小岛的西北角有间咖啡馆，廊下的小原木牌上写着，岛上咖啡。她要了杯卡布奇诺慢慢啜饮，翻开随身带的书。书是机场书店买的，当时纯粹被印在封面上的一句话所吸引："我这一生，都在跳下悬崖，长出翅膀。"一个外国人写的科幻小说，她翻了几页，不大读得进去，心里却始终盘旋着那句话。吧台后面有条幽暗的楼梯，楼梯上很别致地透着些微的光，照亮暗沉的木纹，墙上也亮着很小的射灯，射灯下面是一幅幅画框。她沿着楼梯向上，一幅幅看过去，大都是些线条画，各种花朵和动物，简洁优雅。楼梯拐角有幅尺寸大些的油画，不知道画的什么，特别抽象，远看像些胡乱涂抹的色块，黑的，白的，灰的，单纯而有力量。走得近些，曲静才看出那些色块都是翅膀，很多鸟的翅膀。她为之震动，画的右上角有只白色的鸟，比例略大，正奋力展翅飞翔。她看得出那是整幅画中唯一完整的一只鸟，形似白鹭。鸟的头部隐藏着一张女人的脸，双目微合，长发飞扬，唇间一点微红，有风在脸上吹过……

您好，请问是预约十点的吗？一个黑衣女人站在楼梯口柔声问她。

曲静茫然地摇头，我只是看看这些画。

哦，不好意思，您随便看。女人客气地说。

这些，都是你画的吗？

是的，大多是给客人选择的文身图。女人看见曲静脸上露出惊讶的表情，笑说，嗳，我们这里是文身馆。

办公室有个小姑娘喜欢文身，热恋时在胸口文上他的星座，分手后又忍痛去洗。曲静问她疼不疼，小姑娘一脸悲壮，刮骨疗毒。然而没过多久，新的恋情到来，她的臂上添了一朵小小的雏菊。曲静说，好了伤疤忘了痛？小姑娘说，静姐，痛，也会上瘾。

想到这里，曲静心里动了一下，为什么不呢？她指着油画问，这上面的白鹭可以文吗？

女人想了想，可以的。

我想文这对翅膀。

哦，你吗？要不要考虑一下？

一定要考虑吗？

那倒也不是，但是很多人习惯这么做的。女人笑，你很不一样，很多客人都会问我那幅画画的是什么，他们觉得乱七八糟的。

曲静没有说话。她不知道怎么说，那些黑暗的梦里，带着她飞翔的翅膀，几乎跟女人画的一模一样，她怎么会看不出来呢。一个人画出另一个人的梦境，她不知道意味着什么，也许把梦里的翅膀刻到自己身上，将会是不错的一种终结。她想起小的时候，外公外婆的岛上也有很多白鹭，三三两两在湖面掠过。

外公外婆过世后，她再也没有上过小岛。结婚后，吕宗桢倒是积极地跟她计划过，要到她出生的地方看看，每次总会被各种事情打断而不能成行。她带他回到过镇上，也只有那么一次，他们一起卖掉了那个两层半的小楼，凑钱在苏城付的首付。

他问过她，你父亲呢？曲静觉得非常艰难，但她还是很平静地告诉他，她跟母亲姓，父亲是入赘过来的，母亲去世后，父亲另外组织家庭，他们渐渐断了联系。她没有告诉他一切，关于她母亲的死。她每次下定决心想要说出来，然后又会失去勇气。

那年她十五岁，是哦，时间居然过去那么久。差不多是十七年前的事了。在母亲的出租屋里，一个年轻警察拿着小本子，不断地追问她，你妈妈之前跟你联系过吗？打过电话或者发过短信没有？说了什么，有没有异常的地方？

她不完全知道发生了什么，这一切对十五岁的她来说，过于残酷和庄严。她完全失语，只是不停地摇头。表舅妈看不过，说孩子已经吓傻了，什么也不知道，这才把小警察劝走了。

门外三三两两聚了很多人，都是住在附近的，曲静知道他们正在交头接耳窃窃私语，互相打听猜测着母亲的事。那一片都是老旧平房，住的都是同样身份和境遇的打工者。曲静关上门，把那些声音关在门外。她拿起桌上的抹布，接了盆水，开始打扫卫生，擦桌子擦椅子，又趴在地上擦地砖。然后翻出衣服和床单，泡在盆里，慢慢揉搓。表舅妈想拦她，怎么也拦不住。她一心一意做着这些，好像做完这些母亲就会推门回来。从那以后，她隐隐感觉自己身上的某一部分永远停留在了十五岁，大概有些人会在人生的某个阶段停止生长。

曲静脱掉上衣，镜子里显出小女生似的纤瘦白皙身体，背部线条光洁流畅，两片肩胛骨薄而陡峭。女人拿笔在她身上边比画边赞叹，你看你这里好像天生就应该有一对翅膀。

她趴在文身床上，裸着后背，文身针不断刺入皮肤，尖锐的疼痛瞬间传遍全身，有种受虐般的愉悦。女人怕她受不了，边工作边跟她说话，开店这么久，你是第一个要文翅膀的，喜欢鸟？

嗯，喜欢白鹭。你不是也喜欢吗，要不然画那么多翅膀。曲静咬着牙，疼得直冒汗。

我画的就是岛上的鸟，看上去像白鹭，准确地说应该叫白琵鹭，因为嘴巴扁阔，很像琵琶。很多人到这个岛上来就是为了看白琵鹭。你看过吗？它们大多数时候喜欢栖在吊桥周围的菖蒲地里。

吊桥在哪里？

咖啡馆向北就是，嗳，要是疼得厉害就告诉我，我们可以休息会儿。

曲静摇摇头。比这个更加疼痛的事情有过很多。那年秋天，她开车到法院采访一个案件，路过地铁口看到吕宗桢正步行出来。她本来想着或者可以捎他一程，电话刚接通就听他像模像样地压着声音说，我在开会，回头联系你。曲静目瞪口呆地看着他把手机揣到兜里，疾步拐进路边的酒店。曲静心存侥幸，希望真有个什么会议在那里召开。她泊好车，他已经不见踪影。她问了总台，没有会议，这几天都没有见鬼的会议。她想他忘记她是跑了多年政法口的记者。她坐在车里，然后看到他跟那个女人相继离开。曲静认识她，她跟吕宗桢是同事。那天下午风很大，路边的法桐树冷着脸，落了满地的金黄树叶。

这多么像一个诅咒。很久以来预感不祥的事情终于发生，不知道应该愤怒还是庆祝。曲静没有哭，也没有发疯，她趴在方向盘上，死命咬着那个绒布套子，像要把它们全部吞噬下去。她不能想象，他搂抱着另外一个女人，跟她缱绻，轻咬她的耳垂和乳头，一次次跟她做爱，像跟自己一样，她觉得很荒诞。但是她知道那是真的。

右边好了，你感觉怎么样，要不要休息一下？女人轻声问，怕吵醒她似的。

曲静回过神来，我还好，还好，痛得久就麻木了。

女人在她背上纹好了一只翅膀，白琵鹭的翅膀，雪白的羽翼中掺杂着一丝若有若无的金色。女人说，那就是白琵鹭与众不同之处。曲静对镜子里的图案很满意，以脊柱为中线，左右对称，沿两侧肩胛骨向上延展至肩部，好像那正是她梦想中的翅膀。她问女人，怎么样才能飞起来。

女人一本正经，可以的，最后着色的时候加一种神秘的特制药水，你就可以像真正的白琵鹭一样飞翔。

像真正的白琵鹭一样飞翔。她无意识地重复着这句话。她闭着眼睛，忍受着越来越细密的疼痛。

她后来无数次想到小姨说吕宗桢有一双桃花眼，她当时不以为然。好的时候说过很多话，她说如果有一天你喜欢上另外一个女人，一定要先告诉我，我会给你自由。他反反复复地吻着她说，怎么可能，我有你就够了。

认识他之前，曲静从来都不想结婚的，是他要她相信他，结婚是连接世界最有效的方式。现在他切断了这个方式。

四

餐厅人不多，大约是淡季的原因。曲静每天早晨在一楼自助餐厅吃点稀饭，就着一种岛上特有的凉拌野菜，入口有淡淡的让人回味和眷恋的清香。中午她到二楼西餐厅，坐在角落里的单人座，慢慢吃一份沙拉。晚上会到咖啡馆要杯鲜榨果汁，以及他们家新鲜烘焙的可颂面包。曲静向来清瘦，没有要节食的危险。连日素食让人清洁纯粹，好像所有烦恼、欲望连同多余的脂肪慢慢被排出体外。文身师说她一周内要进清淡饮食，忌酒和咖啡。第二天，背上开始结痂，后背异常紧绷并且无比干燥，略微动一下就是碎裂般的疼痛，背后的那对翅膀正在挣脱她的身体飞翔。第三天，后背开始痒，此起彼伏得令她想要抓挠。晚上睡下来，更是痒得铺天盖地抓心挠肝，恨不得撞墙。实在受不了，半夜起来去敲女人的门，她给她涂了些绿色药膏，清凉舒缓，感觉好了许多。

这两天他们联系过一次，他在微信上问曲静短袖衬衫收在哪里，他要到上海出趟差。家里气温热起来，估计上海更热。她告诉他挂在衣橱那个灰色竖条纹的防尘衣罩里。他没问她什么时候回家，她也没问他到上海待多久。他们的关系变得奇怪，她叹了口气。他们认识，是在一个共同的朋友的生日聚会上。那天曲静穿件背带长裙，束着马尾辫，眼睛大而狭长，笑起来毛茸茸的弯弯的。他后来说她，像有珍珠在瞳孔里发光。

她觉得意外，她其实很少笑的，也不理人，坐在角落里一杯接一杯地喝啤酒。她看上去很骄傲，不是因为生得好，相反她好像对自己的美完全不自知，更不在意。吕宗桢对她一见钟情。他追了很久才牵到她的手，真的是牵手。她有很多禁忌，那时候她宣称自己是不婚主义者。她说，不结婚是对爱情的尊重，如果真的有爱情的话。他对她的身体表现出痛苦而绝望的迷恋，她却一再固守对贞操近乎原始的执拗，她认为婚前性行为是可耻的。她还说，一辈子只想跟一个人发生关系。吕宗桢为她着迷，连同她的顽固和执拗。

第五天，结痂的地方开始脱落，那些脱落的地方显露出白色的图案，隐隐发着银色的光芒，好像一对美丽的翅膀正在生长。女人欣喜，你好得真快。

她说，好像等待新生命降临似的。

女人说，这本来就是神圣的事情，你皮肤白，上色的时候我渗了些发光的银灰色，翅膀上添了几笔金色的羽毛，没想到效果这么好。你看哦，这才真的是白琵鹭。

真的能飞吗。

女人眨了眨眼睛说，当然能飞。

曲静除了睡觉，就在岛上散步，或者坐在林间的黑色藤椅上喝茶。此刻，阳光从树枝间透下来，在她身上洒下金色斑点。草地缓慢起伏绵延向下，在成片的巨型凤尾蕉、扇形仙人掌还有带刺的十大功劳那边按下暂停键。一棵曲静叫不出名字的大树矗立风中，缀满石榴红的喇叭形花朵，花瓣落了一地，映着绿茵茵的草地，像一些锐利的尖叫。不远处的网球场上，有人在奔跑挥拍。视线更远一点，可以轻易看见树林的繁枝茂叶中间漏出一角蔚蓝色的湖水。

有时候她会到文身馆看女人给客人文身，一坐就是四五个小时。没有客人的时候，她们喝茶聊天。女人喜欢穿深色棉麻衣服，不算漂亮，但是耐看，通常会化点淡妆，她说为了掩饰睡眠不好留下的阴影。

女人说她是美院毕业的。曲静叹道，难怪画画画得这么好。

女人笑，毕业那年就喜欢上一个文身师，考上研究生都没读，就跟着他在北京开文身馆。

那他呢？

我们离婚了。

哦。不好意思。

都过去了。女人摇摇头，离婚后，我就到处旅行，去过草原沙漠，去过新疆西藏，还跟人跑去无人区，差点把命丢在那里。还好啦，最后来到这里，我决定住下来，于是就住下来了。

因为这里的白琵鹭？

也许吧。女人笑着拍了拍曲静的手，你不觉得这个小岛有种特别的美。

嗯，与世隔绝的美。曲静想了想，又说，听说有人喜欢站在吊桥上面往下跳，是真的吗？

真的，我也那么想过。女人看着曲静的眼睛，曾经觉得过不下去，人们总是会因为这样那样的事情觉得没有办法再面对，但是你看我现在好好的，坐在这儿呢。生和死就是吊桥的两侧，闭着眼睛走过去，就过去了。

曲静笑，我还以为网上瞎传的呢。

当年，警察通知小姨，一个钓鱼的老头在河里发现了他们，那时候距离母亲失去联系已经过了两个多星期。小姨小姨父带着她赶到那个遥远的到处是桥的小镇。曲静没有去现场，跟母亲同在玩具厂上班的表舅妈寸步不离守着她，表舅妈眼睛肿得像桃子，曲静坐在母亲的单人床上，苍白着脸，从头至尾没有哭。没有人告诉她这一切是怎么回事，曲静也不敢问。她后来看到当地晚报上的一则报道，一对打工男女苦苦相恋，双方均有家庭无奈投河殉情。标题又粗又黑，像是在说别人的事情。

外公外婆由此陷入无尽的悲恸和后悔中，他们认为是自己害了女儿。过了一些日子，曲静才慢慢厘清事情的原委。当时母亲想要离婚，父亲坚决不同意。按理说他早就在外面有情人，分手是更为理智的选择，但是暴戾的父亲被愤怒和虚伪的羞耻感所控制，他绝不允许自己被背叛。故而三番五次去找妻子麻烦，打那个男人，并且说再提离婚就同归于尽。外公外婆反对他们离婚，亲戚朋友也表现出惊人的一致，本着劝和不劝离的古训，要她看在孩子分上，好好过日子。

曲静会去吊桥边看白琵鹭。除了白琵鹭，还有许多别的鸟类：红尾巴的伯劳，黄胸脯的鸟，叫起来如哨声的翠鸟，以及白色灰色的鹭鸶。它们并不怕人，总是在黄昏时分归来，在水面长久盘旋，能够听到它们翅膀飞行时摩擦空气，然后轻轻合拢的声音。吊桥架在两岛之间，没有想象中惊险，桥面是栗色木板拼成，两侧是网状绳索，桥不长，步行两三分钟而已。吊桥离湖面大约有三层楼那么高，曲静不敢低头，只管笔直地往前走。桥那边是个更小的岛，岛上散落着一些别墅，空旷的草地，随处可见的露天茶座。据说，更小的岛不接待散客，是个什么培训基地，她并没有看到培训基地的牌子，也可能看到没留神错过了。

曲静更多的时候会漫步到桥下，挑一个干净的松木垂钓台坐下，赤脚伸在水里，湖水凉津津的。儿时的夏天，她经常坐在外公的船上，把脚伸到水里，有时候能踩到岸边湖底，脚底有奇妙的黏滑。湖水清澈见底，看得到泥土、细小石子以及形状不一的鹅卵石，还有针尖大的小鱼细细游动，一切栩栩如生。偶尔会有细长的青虾弓身跃过脚面，溅起小朵的水花。

之前不是没有预感，曲静只是不想往坏处想。时间久了，好的时候种下的恩，才慢慢被消磨尽了。她曾经在他的手机里看到他和一个女人的聊天记录，她说不上有什么不对，但直觉告诉她，他们关系暧昧。对，她冒充他，跟那个女人聊天。她知道这种做法很无聊，但她无法克制强烈的愤怒和妒忌，她难过得发抖。他警觉地感到了什么，对话框里删成一片空白。他很不高兴地解释说，只是一个普通的女同事，我偶尔向她打听公司的人事信息，你知道的，我们这样的公司人际关系复杂，派系斗争暗流涌动，你要往上走必须遵循各种潜规则。

曲静说，为什么要向她打听。

吕宗桢沉着脸，因为她舅舅是总公司的负责人。

听起来多么理直气壮，而且冠冕堂皇。一个做妻子的怎么说都不应该干涉和阻碍丈夫的前程，曲静沉默。

他说，你总认为自己纯洁，别人都是龌龊的，你就会用你的道德标准来绑架别人。你不要不承认，你就是有问题，生活上有洁癖，心理上也有洁癖。嘁，说好听是洁癖，说难听是变态。

五

樱桃每晚闹着跟她视频，问她什么时候回家。她说，妈妈你出差干什么啊？她随口说，妈妈出来培训的，跟你一样上课，听老师上课。

樱桃赶紧在小板凳上坐好，摆出一种认真听老师上课的样子。幼儿园小朋友以为上课就是唱唱歌，捏橡皮泥，折折纸，分果子吃，要不了多久她就会知道有一种叫考试的怪兽等着她。樱桃是她奶奶带的，不像有的孩子非常黏父母。这是曲静为之遗憾的。

她小时候也不黏父母，虽然他们给她带回新的衣服、书包和玩具。比起这些，她更害怕他们带回来的暴戾和怨怼。父亲没有家的概念，挣多少花多少，用镇上人的话说，有一百花九十九。过年回来还要问曲静妈要钱去打牌，输了就去喝酒，不喝到烂醉不会回家。这些年他生活在哪里，过得怎么样，曲静并不好奇。小姨好像说过，他还是在广州那边跟着人家包工头做木匠，早就结婚有了儿子，听说并不是之前的那个女人。这么多年过去了，小姨提起他，声音里总还是透出马上就能飞出刀子来的寒意。

多年以后，她对父母的婚姻才忽然有了深刻的领悟。说到底，她是他们的骨血。她看过母亲最后一天的视频，无意间被路边监控拍下的。好像那个男的家里有点社会关系，他们要求公安部门调出路上的监控视频。警察很费了点事，后来通知小姨去看。母亲第一次出现在监控中是晚上七点多钟，她穿件鸭蛋青的碎花连衣裙，看上去年轻而陌生，一点也不像曲静印象中的。他们手拉着手，慢慢走进电影院。两个人再次出现在监控中，时间显示八点不到。旁边有个警察说，可能电影不好看提前退场。另一个说，也可能没看，在电影院旁边逛了一圈，那里没有监控。那时候监控视频尚未覆盖，有的路段有，有的路段没有，他们最后出现的画面是个十字路口，避让一辆货车的时候，男的轻轻挽住母亲的胳膊，他们退后一步并肩站立。男的抬头看了看天空，路灯下的监控无意中捕捉下那个瞬间，瘦长脸，眉眼淡淡的，竟然微微带着笑意。那样子，好像他们只是出来遛个弯的最普通的夫妻，日子会细水长流，无休止的柴米油盐。然而没有了，一切都结束了。旁边的警察解释说，十字路口向南，就是发现他们的那条河。那条河，是古老的运河支流。

第八天的时候，后背的结痂已经完全脱落。曲静在浴室的镜子里看到一对美丽如天使的翅膀，闪着萤火虫的微光。她一个人在灯下微微耸动双胛，翅膀慢慢动起来，她感觉到一股飞升的力量。这股秘密的力量逐渐强大，好像预示着某种秘密通道的打开，某种现实束缚的挣脱。后背的皮肤微微发热，翅膀正在无尽地展开，她想，如果她多练习几次，说不定真的可以飞了。

谁知道呢，很多事情都是说不定的。她微笑着对镜子说。